Une absence

Michel Haton

Une absence

Roman

© 2020 Michel Haton
Éditeur : BoD-Books on Demand
12-14 rond-point des Champs-Élysées, 75008 Paris
Impression : Books on Demand, Norderstedt, Allemagne

Photo de couverture : © Michel Haton

ISBN : 978-2-322193233
Dépôt légal : Janvier 2020

Chapitre I

Loïc Kerivel, est photographe et journaliste d'investigation à la rédaction de *Ouest-France* de Saint-Malo. Il travaille dans les bureaux, avenue Jean-Jaurès, près du bassin Dugay-Trouin. Passionné de photos contemporaines, il est âgé d'une petite trentaine d'années. Également peintre à ses heures, il pratique les arts plastiques, souvent avec des objets trouvés dans les brocantes. Grand escogriffe de près de deux mètres, son regard bleu océan intense est une percée dans une toison noir charbon très fournie. Il vit et travaille à Saint-Malo intra-muros, la ville qui l'a vu naitre, et avec ses parents, gérants d'une pharmacie. Son père n'est pas son père biologique, qui lui, a disparu en mer quand il avait une quinzaine d'années. Loïc n'a jamais répondu à l'appel de la mer. Cela est sans doute dû à cette disparition tragique et il ne s'est jamais senti l'âme d'un marin. Il aime trop sentir le sol sous ses pieds, sans aucun doute le symptôme d'un terrien bien enraciné. Sa mère s'est remariée quelques années plus tard et semble à nouveau épanouie.
— Un beau-père, c'est comme un père, mais beau ! dit toujours Loïc avec humour.

Un matin, alors que les ombres étaient encore longues et la lumière frisante, il se rendit dans une friche industrielle qu'il venait de découvrir. Il espérait y faire de belles photos de street-art. L'endroit, il l'avait repéré de loin, à un moment où il était pressé par le temps. Ce qu'il avait aperçu lui semblait très prometteur. Il arrive souvent d'être déçu une fois sur place, mais il voulait s'assurer de ne pas être venu pour rien. Arrivé devant l'ancienne usine toute bariolée, il aperçut des graffitis qui l'intéressaient. Il déplia son trépied et y vissa son boîtier réflex. Il photographia des peintures entières au 35 mm, mais également quelques gros plans avec un petit téléobjectif, pour recréer d'autres images. Il continuait ses prises de vues en faisant le tour du bâtiment abandonné quand il tomba nez à nez avec un graffeur en pleine action. L'artiste ne le vit pas tout de suite, absorbé qu'il était à bomber sa nouvelle création. Quand son regard croisa celui de Loïc, il eut un moment d'hésitation. Loïc le rassura d'un geste de la main.

— T'inquiète pas, je ne suis pas de la police, ni de la mairie. Je suis venu pour faire des photos de street-art.

L'artiste ne répondit pas tout de suite, un peu méfiant.

— C'est toi qui as peint tous ces murs ? C'est superbe !

Le graffeur enleva son masque et ses lunettes de protection et posa sa bombe de couleur rouge. Il fit tomber sa capuche et Loïc découvrit à ce moment-là sa tignasse rousse bouclée et ses yeux verts.

— Oui, la plupart ! Merci d'apprécier mon travail. Mais il y en a aussi qui sont faits par des potes.

— Et les tiens, ce sont lesquels ?

— Ça dépend... Tu en fais quoi, de tes photos ?

— Je vais essayer de les faire publier dans le journal où je travaille, *Ouest-France*, répondit Loïc. Et si j'arrive à les vendre, on partage les bénéfices.

Le graffeur sourit légèrement, doutant qu'il tienne parole. Il regarda sa peinture inachevée et s'adressa à Loïc :

— Cette œuvre représente l'océan et toutes les créatures qui le peuplent : baleines, pieuvres, requins, poissons-globes, mérous, tortues marines, étoiles de mer et même les coraux, pour faire réagir les gens à l'urgence de sauver les animaux marins. Il faudrait sauver tous les animaux avant qu'il ne soit trop tard, bien sûr, mais comme l'océan est tout près, j'espère que les gens y seront plus sensibles. Si tu arrives à publier tes photos dans le journal avec un bon texte, c'est sûr que le message va bien passer.
— Et tu deviendras peut-être aussi célèbre que d'autres Malouins comme Jacques Cartier, Surcouf ou Chateaubriand ? lui dit Loïc.
À l'énoncé des noms de ces hommes célèbres, l'autre rit de bon cœur.
— Si les photos sont publiées, tu pourras te racheter du matériel pour peindre ! Tu penses le terminer quand ?
— Repasse la semaine prochaine pour celui-là ! En attendant, je vais te montrer les autres.
Loïc suit l'artiste qui lui montra l'ensemble de ses œuvres. Il les photographiait toutes, tant elles étaient belles. Il fit également son portrait devant ses œuvres. La plupart montraient des animaux marins, un requin-baleine, le préféré de Loïc, des fonds couverts de coraux et de gorgones rouges, mais aussi des animaux terrestres en voie d'extinction. Et quelques sirènes, plus ou moins dévêtues évidemment !

Tous deux pensaient qu'il était urgent d'agir afin que la vie animale ne disparaisse de la planète à cause du réchauffement climatique et des intérêts purement mer-

cantiles de quelques-uns. On détruit les forêts d'Amazonie pour l'élevage et l'agriculture, et sous d'autres latitudes, on brule des forêts et les animaux qui y vivent, surtout les orangs-outangs, pour planter des palmiers dont on extrait de l'huile de palme que l'on retrouve dans notre alimentation. Tout ça pour le profit de quelques groupes agroalimentaires et au détriment de l'équilibre naturel, et de la santé des employés, qui en meurent parfois, et de celle des consommateurs.
Ils se lancèrent dans une violente diatribe envers ces gens qui ne pensent qu'à l'argent, au détriment de la planète. Ils étaient sur la même longueur d'onde et menaient le même combat. Ils avaient l'impression de se connaitre depuis longtemps.
Loïc, une fois les photos terminées, tendit la main à l'artiste.
— Au fait, je m'appelle Loïc, Loïc Kerivel.
— Moi, c'est Malo ! Malo Malouin, répondit-il en montant un de ses dessins terminés. Je signe d'un M runique : ᛗ
— Malo Malouin, le Malouin ! C'est original !
— Je n'ai pas choisi, répliqua-t-il dans un sourire forcé.
— Tes parents ont de l'humour !
— Ma mère a perdu la vie en me donnant la mienne, et je suis né de père inconnu. C'est pour cette raison que je porte le nom de ma mère. J'ai été recueilli par ma tante, une femme très gentille qui m'a élevé jusqu'à mes seize ans. Mais malheureusement, elle est décédée brutalement il y a quelques années, me laissant vraiment seul. Elle a eu le temps de me dire que j'avais des grands-parents quelque part. Mais comme ma mère

était fâchée avec eux, je ne sais pas où ils habitent et s'ils sont même toujours vivants. Je me suis débrouillé en faisant de petits boulots ici et là. La galère, quoi…
— Désolé pour toi, Malo.
Ne voulant pas trop s'apitoyer sur son sort, Loïc fila.
— OK, il faut que je file. On se dit à la semaine prochaine, même heure et même endroit ?
— C'est OK pour moi. À bientôt !
— À très bientôt, Malo !
— Salut Loïc, content de t'avoir rencontré !
— Moi aussi, je suis ravi de te connaitre.

Loïc se dit que cette nouvelle collaboration allait porter ses fruits. À deux, on a plus de poids pour faire passer un message, surtout aussi important. Mais il fallait que beaucoup de personnes adhèrent à cette idée pour espérer faire bouger les lignes. Il pensait pouvoir compter sur Malo pour frapper les esprits sur le sujet de la sauvegarde de la mer et de ses habitants. Il fallait frapper fort pour une réelle prise de conscience des décideurs d'abord, même s'ils n'ont pas vraiment conscience de la réalité, et de toute la population afin de sensibiliser les nouvelles générations en priorité, qui sont l'avenir de notre civilisation. C'est une action capitale qui peut déterminer l'avenir du vivant sur la planète bleue, et également notre survie si nous sommes capables d'en prendre soin avant qu'il ne soit trop tard.

Une semaine plus tard, Loïc revint sur les lieux du rendez-vous pour voir la peinture terminée. Effectivement, la fresque marine était bien achevée au vu de la signa-

ture faite d'un M runique au bas de la peinture. Mais pas de Malo à l'horizon.
— Dommage ! Se dit-il. Mais tant pis, je n'ai pas le temps de l'attendre. C'est curieux, il me semblait pourtant être une personne de confiance…
Loïc sortit son matériel, et photographia la fresque terminée dans son entier pour illustrer son article. Il en profita pour faire des gros plans des animaux qui n'existaient pas encore la semaine d'avant. Il s'en retourna au journal avec une pointe de déception. Mais il devait faire passer le message, il l'avait promis.

Loïc n'eut aucun mal à convaincre son rédacteur en chef de publier les photos avec un bel article pour la défense de la planète animale, et il était plus que satisfait.
Il entreprit de retourner sur les lieux de leur rencontre, pour montrer à Malo l'article et les photos dès la parution du journal, et partager le prix de la publication des photos comme il l'avait promis. En espérant qu'il soit présent cette fois-ci.

Chapitre II

Quand Loïc arriva aux abords de la friche industrielle, son appareil photo en bandoulière, il perçut une certaine affluence près de la fresque de Malo. Des policiers partout et des agents de la police scientifique qui s'agitaient dans leur combinaison blanche. Ainsi vêtus, ils ressemblaient à de grands cotons-tiges. Il sortit sa carte de presse pour tenter de se rapprocher du corps qui gisait au sol. Les policiers le gardèrent à distance, mais il put tout de même voir le corps d'un homme étendu sur le ventre et dont le vent soulevait quelques mèches de cheveux de temps à autre. Il avait un chat couché sur le dos qui semblait veiller son maitre. Les policiers enlevèrent délicatement le chat qui s'accrochait, toutes griffes dehors, avant de retourner le corps. Loïc put voir un impact de balle sur le front et la mare de sang dans laquelle il baignait. À son grand soulagement, il s'aperçut que ce n'était pas Malo. Les policiers lui posèrent un tas de questions, s'il connaissait la victime, s'il l'avait déjà vue dans les parages, et où il se trouvait hier en fin de matinée, heure supposée du crime.
Loïc répondait de bonne grâce, leur indiqua qu'il avait prévu de faire des photos à cet endroit très tôt le matin même. Il ne mentionna pas Malo, pour que d'éventuels soupçons ne pèsent sur lui et qu'il n'ait pas de problèmes. Il en profita pour noter les maigres renseignements que la police voulut bien lui transmettre. Ils seraient utiles pour un article dans le journal et pour sa collègue Gwendoline Blanchard qui s'occupait de la rubrique des faits divers. Grande rousse flamboyante aux

yeux verts, elle avait une longue tresse qui lui parcourait tout le dos. Son regard était encadré par des lunettes à monture rouge, et toujours enjouée, avec une gouaille peu commune.

Il retourna au journal avec le peu d'informations qu'il avait.

— C'est tout ce que tu as ?

— Eh oui, je n'ai pas pu en obtenir plus. Mais j'ai le nom et le numéro de téléphone du commissaire chargé de l'enquête.

— Bon, eh bien merci, ça va beaucoup m'aider !

— Bonne chance ! Parce qu'il n'a pas l'air très sympa...

— T'inquiète, quand il me faut une info, je l'obtiens toujours !

— Je n'en doute pas un seul instant, Gwen ! dit-il avec un sourire, connaissant bien l'opiniâtreté de sa collègue.

— À mon avis, c'est sans doute plus qu'un simple fait divers, chuchota Gwendoline. Avec un l'impact de balle dans le front, c'est sans doute un règlement de comptes.

Car elle espérait en secret accéder à la rubrique « Justice » du journal et traiter des affaires beaucoup plus importantes.

Loïc revint souvent sur le site de la friche, plusieurs jours de suite, dès que la police eut enlevé les banderoles entourant la scène de crime. Toujours pas de Malo. Il avait complètement disparu.

— J'espère qu'il n'a rien à voir avec ce meurtre...

Aucune trace de son ami Malo, pas de bombe de peinture vide, ni de gants ou de masque : rien. Évaporé ! Évanoui dans la nature, volatilisé !

— On ne peut pas disparaitre comme ça du jour au lendemain, sans laisser de traces et sans aucune explication !
Loïc détestait ne pas comprendre. Il décida alors de commencer un travail de recherche. Habitué qu'il était à faire des enquêtes pour son travail, il était persuadé de pouvoir retrouver Malo quelque part, espérant qu'il soit encore vivant et surtout pas mêlé au crime qui venait de se produire.

Il scruta ses photos de street-art en agrandissant les signatures des autres artistes et en retrouva quelques-uns sur internet qui disposaient d'un blog commun. Il n'arriva pas à les joindre par manque de coordonnées. Agissant en toute illégalité, ils restaient très prudents. Il décida donc de retourner le plus souvent possible à la friche industrielle dans l'espoir de rencontrer d'autres artistes, qui pourraient lui donner des infos plus précises et rassurantes.

Effectivement, au bout de quelques passages dans ce lieu de création artistique, il croisa trois artistes en train de travailler sur une fresque commune, composée de personnages issus des quatre coins du monde. Des gens célèbres comme Einstein, Charlie Chaplin, Isabelle Adjani, Jean Gabin, Nelson Mandela ou Simone Veil, mais aussi des habitants de la planète plus anonymes. Le tout formait une foule compacte avec des dizaines de personnages, et leurs visages donnaient une force particulière à cette œuvre éblouissante.

Il les salua en les félicitant et en leur expliquant le déroulement des évènements qui avaient conduit à la rencontre et au deal avec Malo. Par chance, ils le connaissaient bien.

Une jeune femme au teint mat, cheveux charbon et yeux de braise, lui tendit la main.

— Samira… C'est moi qui signe mes œuvres *SA*.

— Pourquoi est-ce que tu signes *SA* ?

— C'est la première et la dernière lettre de mon nom.

— D'accord ! Ça m'ira… Samira !

— Moi, c'est Claire, dit une autre jeune femme aux yeux émeraude et dont le teint avait la même pâleur que son prénom, les taches de rousseur en plus. Une longue chevelure flamboyante remontée par un foulard lui donnait un charme fou. Je signe mon travail par *C* majuscule et un point.

— Ça a le mérite d'être clair, Claire !

— T'es un rigolo, toi ! répliqua-t-elle avec un large sourire.

— Oui, je ne suis peut-être pas Clooney… mais je suis né clown !

Les trois artistes rirent ensemble de bon cœur.

— J'avoue que j'aime bien les jeux de mots ! Même les jeux de mots-laids !

Il avait réussi à briser la glace, au point que les graffeurs lui proposèrent une bière, qu'il accepta pour ne pas froisser ces gens qui pourraient peut-être l'aider à retrouver Malo.

— Moi, c'est Erwan, annonça un immense barbu, blond comme les blés, les yeux bleus et maigre comme un lacet, sans lâcher sa bombe de peinture.

Le bras tendu, il désigna une de ses œuvres.
— Ce personnage est mon travail.
— Pourquoi tu signes avec un *M* ? Lui demanda Loïc.
— Ce n'est pas un *M* mais un *E* renversé. En fait, les signatures illisibles nous permettent de rester discrets, tu comprends ?
— Et celui-là ? demanda Loïc en indiquant un autre dessin signé d'une demi-lune horizontale.
— C'était un gars de passage, Damien d'Amiens, qui signe avec un *D* renversé.
— Oui, je comprends mieux ! En tout cas, c'est sympa ce que vous faites, ça rend la ville un peu plus joyeuse avec toutes ces couleurs !
— Malo trainait souvent avec Gaëlle, une fille de Dinan, lui dit Erwan. Elle venait de temps en temps pour nous regarder travailler et faire des photos, comme toi. Mais il y a un moment qu'on ne l'a pas vue par ici. Je sais qu'elle graffait un peu à Dinan, mais je ne connais pas sa signature actuelle ni son nom de famille. Je crois qu'elle habitait la vieille ville. Elle signait *ë* pendant un moment, mais elle a changé souvent avant de ne plus signer du tout, afin que l'on ne puisse pas remonter jusqu'à elle. C'est une petite blonde ronde aux yeux verts, cheveux bleus mi-longs, avec un tatouage de plume sur l'avant-bras droit, qui est le symbole de la créativité, du renouveau et de l'élévation spirituelle ainsi qu'un anneau nasal. Tu n'auras pas de mal à la reconnaitre. Ils sont peut-être partis ensemble.
— Tu saurais où ?
— Ah non, aucune idée. Mais si tu as des news, passe nous voir. On a encore pas mal de taf sur cette fresque

et on a repéré un nouveau mur pour en commencer une autre.
— OK, je vous tiens au courant. Je repasserai voir vos nouveaux travaux pour les photographier ! Ciao !
Les trois graffeurs saluèrent Loïc de la main en se remettant à peindre.

Chapitre III

Loïc se mit en tête d'effectuer plusieurs visites à Dinan, en espérant tomber sur Gaëlle par hasard. À moins qu'elle n'ait disparu elle aussi ? Cela ferait beaucoup, tout de même. Peut-être s'étaient-ils rabibochés et partis pour une nouvelle vie ailleurs ? Ou même dans un autre pays ! Alors là…

Loïc partit donc pour Dinan. Après avoir parcouru les alentours pour y trouver du street-art, il photographia tout ce qu'il voyait, espérant que ses nouveaux amis pourraient identifier un dessin de Gaëlle. Il se rendit également dans la vieille ville, où elle était censée habiter, pour tenter d'y trouver un de ses graffs, même petit. Il en profita également pour admirer les maisons à pans de bois datant du Moyen Âge et magnifiquement restaurées. Il regardait partout et trouvait quelques dessins ici et là, mais pas tous signés. Il monta les cinquante-huit marches de la tour de l'Horloge pour avoir un panorama complet sur la ville et pour se repérer un peu. Il en redescendit rapidement, après avoir identifié plusieurs endroits potentiellement intéressants.

En cherchant des indices sur son ami, Loïc perçut une douce mélopée qui caressa ses oreilles et éveilla en lui quelques charmants souvenirs. Il se dirigea vers l'origine de la mélodie et se retrouva devant la Maison de la harpe celtique où il reconnut tout de suite Anne-Gaëlle en train de jouer de son instrument. La délicieuse harpiste s'était installée entre les colonnes de granit de l'ancien hôtel, aujourd'hui lieu de concerts. Elle faisait remonter en lui les souvenirs d'une belle histoire. Belle blonde à la longue crinière bouclée, elle pinçait de ses doigts agiles les cordes verticales de son instrument. Loïc fut surpris de l'émotion que suscita en lui cette rencontre fortuite avec une femme qu'il pensait avoir oubliée depuis longtemps.

Il resta un bon moment à l'écouter, tout en essayant de ne pas croiser son regard. C'est elle qui avait décidé de mettre fin à leur relation, préférant la musique à leur histoire. Ah, ces musiciens, toujours un peu extrêmes dans leurs choix de vie... D'un autre côté, ce sont des êtres souvent lumineux et enrichissants pour ceux qui ont la chance de croiser leur route.

Loïc était sous le charme de sa musique envoutante et mélancolique. Mais il n'avait pas l'intention de chercher à la réconciliation, la rupture ayant été trop douloureuse. Il continua donc son chemin après la fin du morceau, accompagnée d'applaudissements nourris. Ensuite, la musique s'estompa au fur et à mesure qu'il s'éloignait. Sa mission lui semblait plus importante que cet ange blond qui avait traversé sa vie un moment et l'avait rendu heureux quelque temps. Elle avait fait un autre choix.

Un crochet sur la place des Merciers et un petit tour vers l'église Saint-Malo ne le satisfirent pas. Passant devant l'église, il prit tout de même le temps d'y entrer. Il aimait photographier les reflets des vitraux sur les murs, qui donnaient des taches de couleur intéressantes. Il se dirigea aussi vers la basilique Saint-Sauveur et jusqu'au château où il en profita pour admirer la superbe vue sur la vallée de la Rance. Mais aucune trace, même modeste, d'un graff pouvant être le travail de Gaëlle ou de Malo.

Ce qui le fit sourire tout de même, ce fut cet homme, curieux et bien habillé, qui soulevait son chapeau – auquel sa perruque restait accrochée – pour saluer les femmes chaque fois qu'il en croisait une. Un geste qui avait pour effet de dévoiler un crâne parfaitement lisse qui faisait pouffer ces dames, bien sûr ; il n'en prenait pas ombrage car il avait dépassé ce stade où l'on ne tient plus compte de ce que pensent les autres.

Loïc imagina que le port, éventuellement, pourrait lui apporter plus de réponses. Il descendit la rue du Petit-Fort, bordée de maisons à pans de bois et ornées de superbes fleurs multicolores. Après avoir dépassé la Maison du Gouverneur, il arriva en face du pont gothique, remontant au Xe siècle. Il déambula le long du port de la Rance, sur les terrasses avec vue sur les bateaux de plaisance. Mais là encore, il dut se convaincre qu'il ne trouverait rien ; tous les abords du port avaient été refaits à neuf, et plus aucun signe n'apparaissait plus sur les murs de pierres claires. Il se rendit à l'évidence : aucune trace de Gaëlle ni de Malo. Il gardait tout de même l'espoir que ses nouveaux amis allaient reconnaitre l'un ou l'autre dessin de Gaëlle dans les photos qu'il avait réalisées. En remontant la rue du Petit-Fort, il croisa une jeune fille qui correspondait à la description que lui avait faite Erwan. Effectivement, avec ses cheveux bleus, impossible de la confondre avec une autre personne. Il la suivit un moment à bonne distance. Elle déposa son sac à dos près d'un coin de mur pour en sortir un pochoir représentant une chouette stylisée et une bombe de peinture rouge, tout en regardant de tous côtés. La plume tatouée sur l'avant-bras droit confirmait son identité. Posté assez loin derrière elle, il lui laissa le temps de bomber son dessin, qu'elle ne signa pas, avant de l'interpeler.

— Gaëlle ?

Quand elle se retourna, Loïc vit l'anneau nasal : c'était bien elle.

— Vous êtes qui ? demanda-t-elle avec un regard inquiet, en haletant.

— Je suis un ami de Malo. Et je le cherche depuis plusieurs semaines maintenant.

Cette réponse la rassura. Elle reprit son souffle avant de répondre.

— C'est vrai qu'on était ensemble, mais on est séparés depuis quelque temps déjà. Pourquoi vous le cherchez ?

— J'ai photographié son œuvre sur les fonds marins à Saint-Malo, dans une friche industrielle, et je lui ai promis de partager les bénéfices en cas de publication. Les photos étant parues dans le journal *Ouest-France*, où je travaille, je le recherche pour tenir ma promesse.

— C'est sympa de tenir parole, c'est tellement rare. Mais je n'ai aucune idée de l'endroit où il peut être. Comme je vous l'ai dit, on ne se voit plus ces derniers temps.

— Vous n'avez vraiment aucune idée de l'endroit où il a pu aller ?

— Non, désolée, je ne peux malheureusement pas vous être utile. J'ai vu les photos dans le journal et il a toujours autant de talent. Mais si vous le retrouvez, demandez-lui de me faire signe. J'aimerais bien avoir quelques nouvelles…

— Je n'y manquerai pas. Merci quand même. Vous dessinez toujours des chouettes ?
— Ben oui, c'est chouette, les chouettes. Non ?
— Oui, bien sûr. Au plaisir !
Ils s'en retournèrent chacun de leur côté sans se retourner.
On pouvait lire la déception sur le visage de Loïc. Tout ça pour en arriver à rien. Mais il était pugnace et était certain de trouver une réponse à ses questions.

Chapitre IV

À la sortie de Dinan, la voiture de Loïc se mit à émettre un drôle de bruit, comme un clapotis métallique sous le capot. Il s'arrêta dans un garage sur le bord de la route en espérant pouvoir la faire réparer et en souhaitant que cela ne soit pas trop grave. Une personne en bleu de travail se tenait près de la porte. Il s'adressa à lui :
— Bonjour. Ma voiture fait un bruit bizarre, pourriez-vous y jeter un coup d'œil, s'il vous plaît ?
Le garagiste, sans doute le patron, fit un signe de la tête pour le saluer et appela un mécano qu'il chargea de découvrir l'origine du problème.
Le jeune ouvrier souleva le capot et plongea la tête dans le moteur un moment. Puis il referma avant d'avancer la voiture au-dessus de la fosse.
Pendant ce temps, Loïc se promena dans le garage et tomba sur le tableau où trônait une photo du personnel du garage et des portraits individuels, groupés selon les spécialités. Il eut une émotion particulière quand il reconnut Malo sur l'une des photos, dans l'équipe peinture de carrosserie. Il interpela le patron et lui posa quelques questions.
— Je reconnais la photo d'un ami, Malo Malouin. Il travaille chez vous ?
— Travaillait ! Il n'est pas resté longtemps, quelques semaines tout au plus. Un gars assez instable, mais qui faisait du bon boulot. Un jour, il m'a annoncé qu'il devait partir... Je lui ai réglé son dû sans poser de questions et je ne l'ai plus jamais revu.

— Vous avez vu une jeune fille aux cheveux bleus avec lui, parfois ?
— Non, il était assez solitaire et ne parlait pas beaucoup. Venez, je vais vous montrer quelque chose...
Le patron du garage entraina Loïc vers le fond de l'atelier pour lui faire découvrir un graff représentant une voiture ancienne à pleine vitesse.
— Je lui ai demandé de faire ce dessin pour mettre un peu de couleur dans le cambouis.
— C'est vrai que c'est magnifique, dit Loïc. Il a vraiment beaucoup de talent.

— Ça y est, j'ai trouvé, s'exclama soudain le jeune mécano en sortant la tête de la fosse. C'est une branche – qu'il brandissait tel un trophée – qui s'était coincée dans le moteur, près de la roue avant droite. Vous avez dû rouler dessus et elle a giclé pour se retrouver sous le capot. C'est elle qui faisait ce petit bruit.
— Merci beaucoup ! Je vous dois combien ?
Le patron fit un signe de la main signifiant qu'il ne lui devait rien. Il donna tout de même un pourboire au mécano qui le remercia d'un grand sourire.
— Merci encore, lança Loïc en reprenant sa voiture.

Si Malo a travaillé à Dinan, même pour une courte période, il a dû revoir Gaëlle, forcément. « Et si Gaëlle m'avait menti ? pensa-t-il. A-t-elle un rapport avec le crime ? Je ne le pense pas, mais si je ne la retrouve pas, je n'aurai jamais les réponses à mes questions. » Il décida donc de retourner à Dinan plus tard avec l'espoir de retomber sur Gaëlle grâce au hasard, vu qu'il n'avait aucun moyen de la contacter.

Sur le chemin du retour, de rares nuages n'arrivaient pas à obstruer le bleu uniforme du ciel. Après un petit crochet à Mordreuc, dans l'anse de la Rance, Loïc eut la chance de voir le phoque qui se pavanait sur la cale du port. Habitude prise depuis longtemps sans que l'on sût exactement pourquoi il avait choisi cet endroit précis. Il décida également de s'arrêter à Quelmer, dans le petit port où il avait repéré un cimetière de bateaux. Il adorait faire des photos des restes de ces vieux rafiots, peints sur toute la surface de la coque et surtout ornés d'immenses visages à la proue de quelques-uns. Il pensait monter une exposition avec toutes ces photos d'épaves et de bateaux fantômes, en plus de celles qu'il avait déjà faites ailleurs. Après avoir enfilé ses bottes, car c'était marée basse, il passa un bon moment dans la gadoue avec son trépied. Au bout d'une heure de travail intensif, il dut se dépêcher de finir car la marée montante couvrait déjà ses bottes jusqu'aux mollets. Sur la coque d'un bateau, il aperçut la signature de Malo à côté d'un dessin tellement effacé par les éléments qu'il ne put savoir ce qu'il représentait.

— C'est la signature de Malo ! lui dit une jeune fille tatouée qui bombait un peu plus loin.

— Tu connais Malo ?

— Bien sûr, c'est le meilleur ! C'est notre maitre à tous.

— Et tu sais où je pourrais le trouver ?

— Ah non, désolé ! Il bouge tout le temps. Mais la dernière fois que je l'ai vu ici, il m'a dit qu'il allait à Combourg avec Gaëlle pour travailler au château, histoire de se faire un peu de fric.

— Super ! Merci pour le renseignement. Au revoir !

— Ciao, répondit-elle en partant.

Loïc se demanda pourquoi Gaëlle ne lui en avait pas parlé lors de leur rencontre. « Sacré Malo ! J'étais sûr que tu étais avec Gaëlle. Tu connais aussi les bons plans. Tu es partout et nulle part. Mais je vais te retrouver. Je vais vous retrouver !

Chapitre V

Les renseignements de la jeune graffeuse tatouée de Quelmer représentaient pour Loïc une nouvelle piste qui le mena au château de Combourg où, selon elle, Malo aurait travaillé un temps à l'entretien du parc avec Gaëlle. Même sans aucune chance d'y croiser Chateaubriand, ce château du XIe siècle, agrandi et restauré plusieurs fois, lui donna une impression de puissance mêlée d'angoisse.
Loïc tira sur la chaine pour faire tinter une petite cloche. Au bout d'un moment, un vieux personnage apparut dans l'encadrement de la porte.
— Bonjour monsieur. Serait-il possible de voir le propriétaire, s'il vous plait.
— Bonjour. Il est malheureusement absent pour plusieurs jours, répondit l'homme. Mais nous sommes les gardiens du château. Si nous pouvons vous aider…
Habillé d'un vieux pantalon de velours vert élimé, d'une chemise sombre ornée d'une cravate claire qui ne tenait plus qu'à un fil et d'un gilet décati, il avait un air d'un noble déchu et décoiffé. Il semblait tout droit sorti de la tour du Chat où Chateaubriand avait sa chambre. On la disait hantée par un ancien seigneur qui déambulait la nuit sous la forme d'un chat noir qui effrayait l'enfant qu'il était alors.
Ce personnage hors d'âge était flanqué d'une petite femme, mince et maquillée comme une voiture volée, entièrement drapée d'une robe de dentelle blanche. Il y avait dans cette robe des trous plus grands que ceux d'origine, des mites sans doute. Elle était ornée d'un tas

de breloques qui pendouillaient et cliquetaient à chacun de ses gestes. Son aspect cadavérique produisit un mouvement de recul chez Loïc. La sympathie dont ils firent preuve ensuite n'était pas ce qui apparaissait au premier abord.

— Bonjour madame, dit timidement Loïc en la voyant apparaitre soudainement.

— Bonjour jeune homme ! Je vous en prie, entrez.

— Bonjour monsieur, répéta le vieillard ; que pouvons-nous faire pour vous ?

Loïc expliqua brièvement à l'étrange couple ce qui l'avait amené à Combourg...

— Vous prendrez bien une tasse de thé avec nous ?

Loïc eut une petite appréhension mais finit par accepter l'invitation, espérant qu'ils pourraient l'aider dans ses recherches. Il entra dans ce puissant château avec grand respect. Partout les murs étaient tapissés de tableaux représentant sans doute les différents propriétaires et, sur les meubles qui sentaient la cire, des vases, des chandeliers, des bibelots ou horloges d'une époque lointaine. Leur pièce d'habitation était tout de même un peu plus épurée.

— Prenez place, je vous en prie, et racontez-nous votre histoire, jeune homme. Vous savez, ma femme et moi n'avons pas beaucoup l'occasion de nous distraire, et nous espérons que votre histoire soit passionnante.

— Voire excitante, mon cher ! lança-t-elle à son mari.

Loïc s'assit délicatement sur l'un des fauteuils fatigués du salon. La dame blanche vint avec un plateau garni d'une théière, de trois tasses et de quelques biscuits secs. Elle posa le tout sur la table et servit le thé bouillant dans les tasses en porcelaine. Elle tendit les biscuits à Loïc qui, par politesse, se servit en remerciant.

Elle le regarda avec une grande curiosité mêlée d'excitation.

— Alors, on vous écoute !

— Eh bien, voilà. Je recherche un ami disparu depuis plusieurs semaines et j'ai appris qu'il a travaillé à l'entretien du parc il y a quelque temps. Il s'appelle Malo Malouin. J'aimerais vérifier cette information.

— Vous savez, jeune homme, dit le vieillard avec des hochements de tête comme ponctuation, beaucoup de personnes ont travaillé dans le parc, surtout en été. Beaucoup de jeunes gens, des étudiants pour la plupart, ont œuvré pour que le parc garde toute sa splendeur.

— Pouvez-vous nous décrire votre ami ? demanda la femme.

— Il est assez grand, les yeux verts et des cheveux roux très bouclés. Il fait beaucoup de graffitis avec des aérosols et réalise ses dessins préparatoires sur un grand carnet.

— Cela me dit quelque chose... Je crois bien que je connais ce jeune homme qui dessinait tout le temps. Il était accompagné d'une jeune fille étrange aux cheveux bleus, avec un anneau nasal et tatouée sur l'avant-bras, très sympathique, qui dessinait aussi.

— Gaëlle ! dit Loïc.

— Oui, je crois que c'est bien ça.

— Mais non, dit la femme dans un sursaut, c'était une grande brune, il me semble.

— Non, tu confonds toujours les gens, tu le sais bien. Même si avec ses cheveux bleus, il était difficile de la confondre.

— Peut-être avait-il plusieurs copines ?
— Va savoir, les couples se font et se défont encore plus vite !
— Vous les connaissez ? dit Loïc, les yeux pleins d'espoir.
— Disons que nous les avons croisés, dit le vieil homme en regardant sa femme. Les « connaitre » semble un mot exagéré. Mais nous les avons effectivement aperçus dans le parc. Ils ne sont restés qu'un mois je crois, le temps de gagner de quoi continuer leur route.
— Et vous savez où ils sont allés ?
— Non, aucune idée. D'autant qu'ils sont partis chacun de leur côté. Je crois qu'ils s'étaient un peu fâchés pendant leur séjour ici et ils se sont quittés à la fin de leur contrat.

Encore une piste qui débouche sur une impasse, se dit Loïc. Mais bon, il y a tout de même la trace du passage de Malo et celle de Gaëlle croisée à Dinan.

— Je vous remercie beaucoup pour tous ces précieux renseignements !
— Cela nous a fait plaisir de pouvoir vous aider un peu, même si nous sommes désolés que vous ayez raté votre ami ici, à Combourg.
— Merci tout de même pour votre hospitalité et votre excellent thé !

Loïc crut apercevoir une esquisse de sourire sur les joues empourprées de la dame blanche. Elle souleva sa main et Loïc n'osa pas trop la serrer, de peur de la casser.

— Bonne chance dans votre quête, en vous souhaitant vraiment que vous retrouviez votre ami, dit le vieux monsieur en serrant la main de Loïc.

— Je vais y arriver, rassurez-vous ! Je ne lâche jamais !

En les quittant, Loïc vit les silhouettes fantomatiques de ses hôtes s'éloigner. Ils restèrent un long moment sur le perron à le saluer. Ce qui lui occasionna un léger frisson dans le dos.
À la sortie de l'enceinte du château, il tomba sur un molosse qui aboyait en montrant les dents, et il ne lui en manquait aucune. L'homme qui le tenait en laisse, quoique costaud, avait du mal à retenir l'animal. Le maître du chien, qui portait un bandeau sur l'œil, sans doute un ancien corsaire, faisait presque aussi peur que son cerbère. Loïc fila sans demander son reste. L'homme suivit Loïc du regard avec un petit sourire en coin.

Chapitre VI

Loïc entreprit de consulter les archives du journal pour voir s'il y avait des cas similaires de disparitions dans la région. Tout en cherchant sur son écran, il lisait seul à voix basse :

Des affaires de plage abandonnées sur la plage du Sillon laissaient envisager le pire... Les recherches ont été interrompues avec l'arrivée de la nuit... La femme s'était bien baignée mais n'avait pu retrouver l'endroit où elle avait déposé ses affaires... Les croyant volées, elle avait téléphoné pour qu'on vienne la chercher. Heureux dénouement !

À Concarneau, un appel à témoin suite à la disparition d'une adolescente de quinze ans... Elle aurait quitté le domicile de ses parents dans la nuit de dimanche à lundi... La jeune fille serait partie de chez ses parents vers minuit. Elle n'a emporté ni son portable, ni sa tablette... Elle mesure 1,62 m pour 48 kg... La description des vêtements et le port de lunettes de vue de couleur noire... La gendarmerie et la police demandent aux personnes susceptibles d'apporter des informations d'appeler le...

Un homme de 55 ans souffrant d'un handicap, et susceptible de se perdre, ...

Une adolescente de 14 ans, originaire de Lorient, a disparu depuis un mois. Ses parents la recherchent désespérément...

La septuagénaire recherchée depuis mardi dans les environs de Lorient a été retrouvée lors d'une battue. Heureuse issue !

Un autre jeune homme disparu depuis vendredi... En laissant un mot sur un meuble disant qu'il allait se balader... Il aurait pris un billet de train pour Rennes...
Ah, enfin une disparition d'une personne de l'âge de Malo... *Un jeune homme de 30 ans a disparu depuis le 30 avril... Il aurait disparu vers 22 h ce jour-là... Il devait fêter un anniversaire chez des amis... qui ne l'ont pas vu ce soir-là. La police a signalé une disparition inquiétante... Le jeune homme est de type européen. Il mesure 1,72 m, est de corpulence moyenne, a les yeux bleus, les cheveux châtains et raides...* Non, la description ne correspond pas à Malo !
« Aucune trace, nulle part ! On ne peut tout de même pas disparaitre comme ça ! Bon, mon enquête continue... »

Chapitre VII

Sur le site du ministère de la Justice, Loïc trouva des statistiques et quelques chiffres significatifs. Il y aurait environ 40 000 disparitions en France chaque année, dont 30 000 auraient été résolues, ce qui laissait 10 000 cas non élucidés.
« C'est énorme ! J'espère que Malo ne fera pas partie de ces disparitions sans explications. Il n'était pas entré dans une vie routinière. Il y a forcément une explication, il n'avait rien ni personne à fuir… C'est vrai qu'il n'était pas formaté pour, une fois l'âge requis, se marier, avoir des enfants, s'endetter pour une maison ou un appartement, avoir la voiture, le chien, le chat, le canari et le poisson rouge ! Mais quand même… Malgré une période de relations éphémères, il tenait beaucoup à son indépendance et à sa liberté. Peut-être une rivalité avec un autre graffeur qui aura dégénéré ? Malo étant non-violent, en cas de conflit, fuir a pu apparaitre comme la solution. Oui ! Mais fuir où et vers qui ou quoi ? Il n'avait pas de famille dans laquelle se réfugier, à part ses grands-parents. Mais il n'avait quasiment aucune chance de les retrouver, en supposant qu'ils aient été encore vivants. Peut-être une connaissance ? À part Gaëlle à Dinan, qui m'a confirmé qu'il ne connaissait personne à Saint-Malo, ni dans la région d'ailleurs. Il était plutôt du genre discret et solitaire, un taiseux, quoi. Il arrivait à s'entendre avec des gens qui partageaient ses opinions et ses combats par le biais de ses peintures, mais à part ça, il restait bien souvent cloitré dans sa solitude, comme un marin isolé en mer… mais à terre.

Mais... pourquoi j'en parle à l'imparfait ? Il est certainement toujours vivant quelque part... C'est ce quelque part qui m'effraie un peu... Toutes les personnes que j'ai rencontrées m'ont dit ne pas le connaitre, même quand je leur montrai sa photo, prise avec mon portable devant sa fresque inachevée. Même les Malouins ne le connaissaient pas ; certains l'avaient déjà croisé ici ou là, mais n'avaient pas connaissance de son nom, ni du lieu où il pouvait bien habiter. Malo était et restait un mystère !

Après plusieurs semaines de recherches j'ai fait chou blanc partout, se dit Loïc. En dehors de Gaëlle, aucun indice qui pourrait me mener sur la piste de Malo. Mais je suis plutôt du genre pitbull, je ne lâche jamais l'affaire ! Sans être Sherlock Holmes, je vais m'atteler à cette enquête de façon minutieuse pour découvrir le fin mot de cette histoire. Malgré son côté introverti, Malo n'était pas du genre à commettre une bêtise... je veux dire une grosse bêtise ! Il n'était pas homme à disparaitre en plongeant dans le flot libérateur... Non, non, ce n'est pas possible et surtout pas envisageable. Il est vivant, et bien vivant. Je le sens ! Il ne me reste plus qu'à découvrir où...

Chapitre VIII

Il repensa aussi à l'histoire d'un célèbre humoriste qui faisait des sketchs en duo dans les années soixante-dix. Il avait pris sa voiture un soir de 1984, soi-disant pour aller acheter des cigarettes, et personne ne l'a jamais plus jamais revu. Après de longues recherches restées vaines, il avait été déclaré décédé en novembre 2004, vingt ans après.
« Comment peut-on décider le décès d'une personne sans preuves ? C'est aberrant ! Il est peut-être encore en vie quelque part, loin... Il a dû refaire sa vie ailleurs et se la coule douce, alors que tout le monde le pense mort. Il voulait peut-être tout simplement changer de vie, si la sienne ne lui convenait plus. C'était son choix... »

Notre monde dit civilisé fait peu cas de l'humain, et encore moins des animaux. Allons-nous devenir des numéros ? Des automates qui obéissent aveuglément avec des animaux juste bons à remplir nos assiettes ? Je ne le souhaite pas, ne serait-ce que pour la sauvegarde de l'humanité. J'espère qu'ici et là vont se former des réseaux qui vont entrer en résistance et agir jusqu'à obtenir un équilibre entre le droit, le devoir et le respect. La manière de consommer est déjà en train de changer. Au point que les « grands » de la distribution alimentaire et industrielle commencent à se poser des questions. Après s'être gavés pendant plusieurs décennies, en ne pensant qu'au profit et en faisant fi des risques sanitaires, les remises en question de ces géants de l'agro-alimentaire les poussent (enfin) à réfléchir. Le pire étant ces magasins *discount* où certes les prix sont très bas, mais avec une qualité du même niveau. Non seulement les gens modestes n'ont pas d'autre choix que de s'y approvisionner, mais ils se rendent malades par la mauvaise qualité des produits : merci messieurs les industriels d'empoisonner les gens. Et tout ça dans l'impunité la plus totale. Quand il y a beaucoup d'argent en jeu, la santé publique n'est malheureusement pas la priorité.

Chapitre IX

Sans abandonner sa quête sur la disparition de Malo, Loïc continuait à couvrir les évènements de la région, tant politiques que culturels. Il se retrouva ainsi à assister à une remise de prix à un peintre très connu, qui peignait la ville et la région d'une façon peu académique mais reconnaissable par tous les visiteurs. Après un discours très applaudi par l'assistance, le maire lui demanda s'il voulait dire un mot. L'artiste, qui n'aimait ni les honneurs ni les discours, acquiesça et se mit derrière le micro. Il sortit une grande feuille de sa poche et la déplia pour en extirper une plus petite qui elle-même contenait un petit bout de papier. L'artiste le saisit du bout des doigts, enfila ses lunettes et lut : « Merci ! »
Toute l'assemblée rit de bon cœur en l'applaudissant.

D'autres reportages menèrent Loïc au fort La Latte. Ce château du XIVe siècle, qui a déjà servi de décor pour des tournages de films, occupe un site exceptionnel disposant d'un panorama magnifique sur toute la Côte d'émeraude. On peut apercevoir l'anse des Sévignés jusqu'au phare du cap Fréhel. Loïc devait écrire un article sur les chemins de randonnée longeant les côtes, notamment sur celui des Landes, entre le fort La Latte et le cap Fréhel. Il s'engagea donc sur ce sentier parfois escarpé, bordé d'ajoncs aux caresses douloureuses et de lande rougeoyante. Il photographia les endroits les plus adaptés pour illustrer son article et les oiseaux sur le site de la Fauconnière, juste avant le cap Fréhel. Les rochers, couverts de guano, étaient envahis de goélands, cormorans, guillemots et pétrels géants qui se trouvaient là en grand nombre. Loïc se faisait plaisir tout en travaillant.

C'est en arrivant sur le cap Fréhel qu'il aperçut le *M* runique de Malo sous un petit dessin discret sur le mur d'enceinte. Pourquoi un rhinocéros rouge ? Loïc n'avait pas la réponse. Sans doute sa période « animaux ». En tout cas, il avait la preuve du passage de Malo à cet endroit. « Mais il a dû arriver au cap Fréhel par un autre chemin que celui des Landes, se dit-il. Parce qu'il n'y a aucune trace au fort La Latte. »

Son passage à Saint-Brieuc, sous la pluie, révéla à Loïc de nouvelles traces de Malo. Il entra dans la ville par les ruelles qu'il privilégiait pour admirer les maisons anciennes des XVe et XVIe siècles. « Malo n'aurait jamais osé graffer ces magnifiques maisons » se dit-il.

Et il avait raison, car aucune d'elles ne comportait de graffitis ni de dessins d'aucune sorte. Il trouva tout de même plusieurs petits graffs, toujours de la période animale, autour de la cathédrale Saint-Étienne : un éléphant vert, un tigre rouge, une girafe bleue... Pour une cathédrale du XIVe siècle, son allure de forteresse pouvait surprendre le visiteur, mais apparemment pas Malo, qui avait posé ses dessins sur les murs même du bâtiment. C'était là le seul endroit témoignant du passage de Malo. Dans aucune des ruelles entourant la cathédrale, que Loïc visita également, il n'y avait de dessin signé Malo. Après plusieurs heures à déambuler, Loïc décida de se mettre au sec dans un restaurant où il mangea de bon appétit un énorme plat de coquilles Saint-Jacques, une des spécialités de la ville.

Il passa encore une petite soirée à parcourir les ruelles ; puis son reportage, étalé sur plusieurs jours, mena Loïc vers Paimpol, dont la richesse principale reste l'ostréiculture. La ville possède aussi un grand port, marqué par l'épopée de la pêche à la morue au XIXe siècle, mais aujourd'hui envahi par les plaisanciers. Il en profita pour revoir la magnifique abbaye de Beauport, fondée au XIIIe siècle par l'ordre des Prémontrés. Malgré son état de ruine, elle conserve une façade majestueuse, une nef à ciel ouvert et quelques rares traces du transept qui lui donnaient l'apparence d'un fantôme de pierre. Dans un style gothique, de fragiles flèches de pierre se dressent vers le ciel, rappelant un passé glorieux. Mais là encore, aucune trace de Malo.

Ces ruines le firent penser à la légende de l'église Saint-Eutrope de Botmeur. Elle s'éboulait pierre à pierre et on n'y faisait plus sonner la cloche par crainte de voir le clocher s'effondrer. Les habitants récupéraient les pierres tombées au sol pour agrandir leur maison ou construire une grange. Au-dessus de l'autel rescapé, la toiture ayant cédé, la pluie tombait et le vent violent soufflait les flammes vacillantes des cierges ; ce fut à tel point que les messes furent données dans la chapelle d'une commune voisine. Faute de moyens, l'église s'écroula totalement et devint une ruine infréquentable car dangereuse. Elle ne fut jamais reconstruite, raison pour laquelle Botmeur n'a pas d'église.

Loïc remonta vers la pointe de l'Arcouest pour se rendre sur l'ile de Bréhat, surnommée l'Ile aux Fleurs, qui bé-

néficie d'un microclimat. Petit paradis agréable aux rochers roses et où les voitures sont interdites. Après la courte traversée en bateau, il se dirigea vers les verreries de la Citadelle, situées dans un vieux fort construit sous Napoléon III. Il photographia les souffleurs de verre au travail, spectacle du feu toujours hypnotisant malgré la chaleur de la fournaise. Les flammes rougeoyaient et crachaient des étincelles lumineuses dans tous les sens, telles des étoiles de feu. Il interviewa un responsable du site pour faire un historique complet du lieu pour son article. Il trouva, à l'extérieur du fort, une grenouille bleue signée Malo.
— Décidément, sa période « animaux » perdure !
Il fit un tour complet sur les remparts avant de se diriger vers l'intérieur de l'ile, notamment vers la chapelle Saint-Michel qui la domine. Il grimpa les quelques marches qui mènent au petit promontoire pour arriver devant l'édifice d'où la vue panoramique est magnifique. Après une visite de l'ile, Loïc revint sur le continent où il décida de passer la nuit à Paimpol, la fatigue se faisant sentir.
« Demain est un autre jour », se dit Loïc. J'ai déjà trouvé pas mal de signes du passage de Malo et je crois que je suis sur une bonne piste, même s'ils ne sont pas datés. En effet, il avait encore pas mal de route le lendemain pour se rendre à Perros-Guirec, sa prochaine étape. Il refit la traversée pour rejoindre le continent et trouver un hôtel pour la nuit.

Le lendemain, après un copieux petit-déjeuner, Loïc prit la route pour Perros-Guirec, « tête de colline » en breton, sous un ciel prometteur. Arrivé en ville, il vit un panneau à l'office du tourisme, annonçant la Randonnée des Douaniers. Il fallait s'inscrire pour participer, car les coureurs recevaient une médaille à l'arrivée au phare de Ploumanac'h. Il entra dans le bâtiment et demanda un formulaire. La personne au guichet lui donna la liste des inscrits avec un grand sourire, pour y ajouter son nom. En regardant les noms sur la liste, il vit Malo Malouin. C'était bien lui ? Il s'adressa à l'hôtesse.

— Je vois là le nom d'un ami qui s'est inscrit, Malo Malouin.

— Et… ?

— J'aurais aimé savoir s'il est toujours inscrit pour la randonnée.

— Un instant, je vérifie…, dit-elle en consultant son écran. Non, il a annulé.

— Ah… Dommage ! Merci beaucoup.

— Je vous en prie monsieur, avec plaisir !

Loïc se demanda si c'était bien lui ou un simple homonyme, sachant qu'il n'aurait jamais la certitude que ce fût bien « son » Malo.

Il décida de tout de même faire cette randonnée sur le sentier des Douaniers qui mène aux rochers de Ploumanac'h, sur la côte de Granit rose, grand site naturel. D'immenses blocs sculptés par l'érosion y prennent des formes animales, ou d'autres encore avec un peu d'imagination. Loïc prit un immense plaisir à photographier toutes ces roches roses aux formes les plus diverses. Par contre, à part un tout petit graff anonyme sur une cabane, il ne décela aucune trace de Malo.

« Comme je dois rentrer sur Saint-Malo, ne trouvant plus de signes de Malo, je vais prendre la route du retour avec ma médaille en poche. J'ai plusieurs articles à développer et beaucoup de photos à traiter, ce qui va me prendre plusieurs jours… La semaine prochaine, je vais suivre la piste à l'est de Saint-Malo jusqu'au mont Saint-Michel. J'aurai peut-être plus de chance de ce côté-là ! »

Une fois ses articles terminés et classés, Loïc y joignit les photos correspondantes pour illustrer l'article et rendre le reportage complet pour publication. Il reprit la route, cette fois vers le mont Saint-Michel où, pensait-il, il allait trouver des traces tangibles de Malo, forcément !
Il prit la direction de Dol-de-Bretagne jusqu'à Pontorson, à gauche vers Beauvoir et le mont Saint-Michel où il aperçut enfin la merveille. Il laissa sa voiture au parking pour la journée et décida de faire le chemin à pied vers le Mont où il croisa beaucoup de gens, dont quelques couples improbables décoiffés par le vent, assez fort ce jour-là. Ces quelques minutes de marche lui donnèrent l'occasion de photographier le sanctuaire à différentes distances. Comme la nouvelle route était surélevée, il n'eut pas à se soucier de la marée, particulièrement rapide à cet endroit. Aux grandes marées, la mer est censée atteindre la vitesse d'un cheval au galop, selon la légende.
Après la porte de l'Avancée et celle du Roi, Loïc s'engagea dans la Grande-Rue très fréquentée en toutes saisons. C'est là que l'on trouve tous les restaurants et les boutiques de souvenirs, souvent *Made in China*, qui font le bonheur des touristes. Après quelques photos de la

foule remontant la rue, il se rendit au cloitre, autre merveille de ce lieu magique. Celui-ci semble suspendu entre terre et ciel, et parait défier le temps. Ses colonnettes finement sculptées de feuillages, de formes humaines et animales, donnent au lieu toute sa splendeur. Après avoir parcouru différentes salles, Loïc prit le temps d'un déjeuner dans un restaurant très fréquenté et dans une ambiance assez bruyante. Les gens mangeaient bruyamment des plateaux de fruits de mer et buvaient beaucoup. Plus ils vidaient leurs verres de muscadet, plus ils parlaient fort ; à croire que le vin rend sourd. Après un excellent repas de moules de bouchots de la baie et une bolée de cidre, il se dirigea vers les remparts pour jouir d'une vue exceptionnelle sur la baie, surtout à marée basse. Les nuages floconneux formaient sur le sable humide des taches sombres qui contrastaient avec celles du soleil. Il suivit les remparts sur toute leur longueur et aperçut, sur la porte d'une maison, un graff qui pouvait bien être signé de Malo. Il descendit pour se retrouver au niveau des maisons et contourna la maison par un petit chemin étroit. Il arriva enfin devant la façade de la maison dont la porte était décorée d'une tête d'Indien à grande coiffe de plumes, avec la signature de Malo.

— Tiens, il a changé de thème ! Mais pourquoi un Indien ?

Il est vrai que beaucoup d'artistes ont des « périodes » différentes dans leur travail, soit de couleur, soit de thème, mais passer des animaux aux Indiens… Les Indiens vénéraient les animaux dont plusieurs étaient considérés comme des dieux, c'est peut-être ça, le rapport entre les deux. J'espère avoir l'occasion d'en discuter avec lui…

Il essaya de rentrer, vu que la porte ne lui semblait guère solide. Il posa le doigt sur la clenche et poussa légèrement sans que le battant oppose la moindre résistance. Il fut pris à la gorge par une odeur âcre, mélange de poisson, de cuisine et de détritus. Loïc prit son courage à deux mains et entra dans l'antre nauséabond, laissant la porte ouverte pour aérer un peu.

« Je vais voir si je peux éventuellement y trouver un signe, un message de Malo, sait-on jamais. »

Mais son exploration resta vaine. Dans la cuisine, à part quelques vieux filets de pêche d'où provenait l'horrible odeur de poisson, des boîtes de conserve dont la date limite de consommation était dépassée depuis plusieurs mois dans un réfrigérateur éteint faute d'électricité. Une assiette garnie des reliefs d'un repas décomposé trônait sur la table, avec des couverts. Une escadrille de mouches vert-bleu la survolait et faisait bombance des restes colorés. D'autres assiettes ébréchées et dans le même état se trouvaient au fond de l'évier. La salle à manger n'avait pas dû servir depuis plusieurs années vu le nombre de toiles d'araignées qui décoraient les meubles ; les araignées faisaient la course dans toute la pièce. Les souris aussi s'en donnaient à cœur joie et couraient dans tous les sens. Les chambres n'étaient pas mieux loties. La chambre à coucher était garnie d'un lit défait, d'un pot de chambre heureusement vide et de vieilles pantoufles complètement déchirées à la façon d'une vengeance de chien. Mais aucun signe de Malo à l'intérieur, sinon sa signature gravée sur la table en bois, unique indice de son passage. Derrière la maison se trouvait un petit jardin abandonné, couvert d'herbes folles, ainsi qu'un petit colombier dans le même état. Il entreprit d'y entrer, ce qu'il fit facilement, car il n'y avait plus de porte... ni de pigeons depuis longtemps d'ailleurs. Il balayait de la main les nombreuses toiles d'araignée et posa les pieds délicatement sur les tuiles du toit qui s'était écroulé il y avait fort longtemps, apparemment. Il entreprit de visiter chaque boulin, au cas il y aurait un message caché à cet endroit où, autrefois, les pigeons faisaient leur nid. Dans une des cavités, il trouva un message non daté, écrit sur du papier de cahier d'école, et le lut :

Je pense être arrivé au bout de ma quête. Tous les gens de ma famille étant décédés, il va falloir que je m'en sorte seul. Je suis définitivement orphelin. J'ai traversé l'enfer pour mieux renaitre ailleurs.

Malo Malouin

« Pourquoi a-t-il laissé ce message ? Était-ce intentionnel ? À qui était-il destiné ? Se doutait-il que j'allais me lancer à sa recherche ? Il doit secrètement souhaiter que je le retrouve », se dit Loïc.
Il était partagé entre l'émotion d'avoir une preuve tangible que son ami était vivant, et celle de l'avoir raté encore une fois. Le fait que Malo continue à se battre pour s'en sortir et avancer dans la vie était tout de même un signe encourageant et lui fit très plaisir. Enthousiasmé par ce message d'espoir, il décida de continuer à le chercher pour, s'il le souhaitait, l'aider à trouver son nou-

veau chemin. Il décida de laisser lui aussi un message dans un boulin, avec ses coordonnées, au cas où Malo repasserait par là.

En ressortant de la maison, Loïc vit quelqu'un s'appuyer à la fenêtre de la maison voisine.
— Que cherchez-vous ici, dit une voix.
— Bonjour madame ! salua-t-il. Vous connaissez le propriétaire de cette maison ? En désignant la porte du doigt.
La dame très âgée, se mettant la main ouverte derrière l'oreille, lui fit signe de monter chez elle. Comme il avait repéré qu'elle habitait au premier étage, il fut rapidement devant sa porte, la seule du long couloir mal éclairé. Sur la sonnette était écrit ARMELLE. Loïc sonna d'un doigt hésitant et la porte s'ouvrit sur une dame en fauteuil roulant, recroquevillée au fond du siège.
— Entrez, jeune homme ! J'aurais bien aimé descendre, mais vous voyez bien que je ne peux pas prendre l'escalier. Heureusement que j'ai une gentille petite voisine qui me fait les courses et le ménage !
La vieille dame avait des rides profondes et des cheveux blancs tirés en chignon qui trahissaient son grand âge. Elle était habillée de gris du haut en bas : une jupe grise, une chemise grise et un vieux gilet, gris lui aussi. Sa seule fantaisie était un petit ruban rouge au sommet de sa coiffure en nid de cigogne et une aiguille à tricoter plantée en travers afin de maintenir le tout. Sa seule compagnie était un mainate sautillant dans sa cage, accompagné de cris stridents très désagréables. Ainsi qu'une bouteille d'hydromel qui trônait sur la table avec un verre.

— Madame Armelle ?
— Oui, c'est bien moi. Oubliez le « madame ».
— Vous n'avez pas de nom de famille ?
— Si, sans doute, mais je l'ai oublié depuis longtemps. Armelle me suffit.
Loïc était un peu déconcerté par cet aveu. Comment peut-on oublier son nom de famille ? Curieux, ça, très curieux.
— Prenez place, jeune homme... Je peux vous proposer un verre d'hydromel ? Prenez un verre. Ils sont dans le buffet, en bas à gauche.
— Non, merci beaucoup Armelle, mais je ne bois pas d'alcool.
— Dommage ! Il est excellent ! dit-elle en vidant son verre presque plein avec un soupir de délectation. Mais je vous en prie, prenez place ! en désignant un fauteuil élimé qui avait l'air d'avoir vécu plusieurs vies.
Effectivement, quand Loïc prit place sur le trône antique, il sentit un ressort tel un scorpion métallique lui rentrer dans la cuisse. Mais il se contenta de grimacer.
— Alors..., reprit Armelle, dites-moi tout ! Vous êtes qui, et vous cherchez quoi, exactement ? Si nous pouvons vous aider, ce sera volontiers.
Un peu surpris par l'emploi de la première personne du pluriel par la vieille dame, alors qu'elle vivait sans doute seule depuis longtemps, Loïc ne se laissa pas décontenancer. Il comprit rapidement que l'oiseau était sa seule famille, et qu'il l'aidait à rompre sa solitude. Ils étaient devenus un couple très original !
— Mon nom est Loïc Kerivel. Je suis journaliste d'investigation au journal *Ouest-France*, dit-il en sortant sa

carte de presse, et je cherche le propriétaire de cette maison, dans un premier temps.

La vieille Armelle se tourna vers la cage du mainate, qui jacassait, et lui parla.

— Que dis-tu, Arnold ? Mais oui, nous le savons bien !

Armelle se tourna à nouveau vers Loïc pour lui répondre avec un petit sourire.

— C'est la maison de Gwendal, un vieux loup de mer resté seul après la mort de sa femme ! De toute façon, il était marié avec la mer !

— J'aimerais le rencontrer pour lui parler, si possible !

— Tu te rends compte, Arnold, il veut parler à Gwendal ! Il est drôle, hein ? dit Armelle.

Le mainate siffla de contentement. À moins qu'il ne s'agît là d'une moquerie.

— Si vous voulez le voir, il faudra aller au cimetière ! Et vous pouvez toujours essayer de lui parler, mais je doute qu'il vous réponde.

— Ah, je suis désolé. Cela fait longtemps qu'il est mort ?

— Plus d'un an je crois, répondit Armelle.

— En fait, je suis à la recherche de la personne qui a fait le dessin sur la porte, car je connais sa signature.

En s'adressant toujours à son mainate, Armelle lui posa une question :

— Tu as vu quelqu'un chez Gwendal, toi qui es toujours près de la fenêtre, mon Arnold ?

L'oiseau répondit d'une voix venue d'ailleurs : « Personne ! ».

Loïc était abasourdi par cet oiseau parleur qui avait quand même un peu de vocabulaire.

— Le dessin est apparu quelques mois après le décès de Gwendal. Mais je n'en connais pas l'auteur, répondit Armelle. Sans doute quelqu'un de la famille qui savait qu'on le surnommait l'Indien, rapport à ses voyages sur la route des Indes.
— Vous connaissez son nom de famille ?
— Le Guen, Gwendal Le Guen. Sa tombe se trouve au cimetière de Beauvoir.
— Je vous remercie beaucoup Armelle ! Et merci Arnold ! Merci pour votre aide précieuse. Bonne journée !
La dame le salua de la main alors qu'il s'en retournait et Arnold le gratifia d'un chant des plus mélodieux, une sorte de salutation ornithologique, sans doute. Il attendit d'être hors de vue de la vieille dame pour se frotter la cuisse à l'endroit où il avait malencontreusement fait un câlin mordant avec ce dard métallique qui lui avait labouré les chairs.

Sur le chemin du retour, Loïc s'arrêta au cimetière de Beauvoir, où il découvrit effectivement la tombe de Gwendal Le Guen. Les dates gravées sur la pierre tombale lui apprirent que son décès datait de quelques mois à peine... Armelle n'avait plus la notion du temps, apparemment.
« Quel rapport entre Gwendal Le Guen et Malo Malouin ? »
En scrutant la pierre tombale, il eut la réponse à sa question. On pouvait y lire, au-dessus de Gwendal Le Guen, le nom de Lenaïc Le Guen, née Malouin. Elle était décédée dix ans plus tôt.
« Le voilà, le rapport ! Je vais pouvoir faire des recherches sur internet afin de trouver le lien de parenté

entre Malo et le couple Le Guen. Malo aurait-il réussi à retrouver son grand-père ? »

Loïc reprit le volant de sa voiture, excité comme jamais par l'énigme qu'il allait devoir résoudre.

Depuis la route, il aperçut un moulin sur une petite colline. Il décida d'aller le voir de plus près. C'était le moulin de Moidrey, entièrement réhabilité au point qu'il était en train de fonctionner pour moudre du blé et produire sa propre farine. Loïc en fit le tour et aperçut le mont Saint-Michel depuis cette colline. Loïc prit une photo du moulin avec le mont en arrière-plan.

— Voilà une photo originale ! dit-il en remballant son matériel photo.

Sur la route du retour vers Saint-Malo, Loïc se félicitait de sa journée. Il n'avait pas perdu son temps, au moins. Il avait une nouvelle piste à suivre pour espérer retrouver son ami Malo, disparu mystérieusement.

Chapitre X

Loïc s'attela à la rude tâche de retrouver le lien entre Gwendal Le Guen et Malo Malouin.
Par déduction, il comprit que Malo était le petit-fils de Gwendal Le Guen et de Lenaïc Malouin, épouse Le Guen, donc sa grand-mère. L'orphelin qu'il était avait fait des recherches pour retrouver ses grands-parents et s'en rapprocher. Pas sûr qu'il avait pu les rencontrer. Il était peut-être tombé sur une maison vide qu'il avait dû squatter un temps avant de repartir déçu.
Il chercha toutes les personnes qui portaient le nom de Malouin de la région pour découvrir le nom de la mère de Malo. La liste était tellement énorme qu'il décida de se restreindre aux cimetières. Celui de Saint-Malo en priorité.
— Il faut que je trouve une femme décédée il y a trente ans à Saint-Malo. Ça va être chaud, très chaud !
Comme il y a plusieurs cimetières à Saint-Malo, il dut procéder par élimination : trouver des femmes décédées il y a une trentaine d'années, en espérant qu'elle soit enterrée ici. Ses recherches menèrent Loïc au Cimetière de Lorette, son dernier recours, où une Maëlle Malouin ainsi qu'une certaine Gwenaelle Malouin faisaient partie des tombes répertoriées. Il se rendit à ce cimetière et y trouva effectivement une tombe au nom de Maëlle Malouin, dont les dates étaient beaucoup plus anciennes et ne pouvaient correspondre. Un peu plus loin, il découvrit la tombe de Gwenaelle Malouin avec des dates qui pourraient correspondre au décès de la mère de Malo. Gwenaelle Malouin était-elle vraiment la

mère de Malo ? Impossible de connaitre la réponse à cette question sans le retrouver et qu'il puisse y répondre lui-même.

Chapitre XI

Un matin, quand Loïc vint au bureau, il vit un message de Gwendoline sur un post-it collé sur son écran : *J'ai du nouveau*. Il s'empressa d'aller la voir pour avoir des nouvelles fraiches.
— Salut Gwen, alors ?
— Salut Loïc. L'enquête sur le crime de la friche industrielle a été menée à bien. Il s'agissait en fait d'une dette de jeu qui n'aurait pas été honorée, d'où le trou dans la tête pour solde de tout compte.
— Et... on connait la victime et le coupable ?
— Oui, ce ne sont pas des gens de la région, rassure-toi. Des marins de passage qui sont venus s'enivrer dans un bar du port ! Ils ont joué au poker, et le perdant n'ayant pas pu honorer sa dette, il a été simplement supprimé. Fin de l'histoire.
— Super ! Merci beaucoup Gwen !
— C'est toujours un plaisir de t'aider, Loïc ! dit-elle avec un grand sourire et un regard appuyé. Surtout que j'ai eu affaire à Tamara, jeune capitaine et bras droit du commissaire chargé de l'enquête, et beaucoup plus sympathique et souriante que lui.
Loïc lui rendit son sourire et s'en retourna dans son bureau. Il était soulagé que Malo ne fût pas lié à cette sordide affaire. Mais alors... quelle était la raison de sa disparition ? Pourquoi ce silence insupportable ? Plus il avançait, plus il avait l'impression de tourner en rond. Il y avait bien quelques graffs ici et là, comme traces de son passage et qui prouvaient qu'il était bien vivant. Même s'ils n'étaient pas datés, on voyait qu'ils avaient

été faits récemment. Loïc se torturait pour un ami qu'il connaissait à peine. Cette brève rencontre ressemblait à une amitié ancienne et profonde. Pourtant, il ne l'avait jamais croisé avant ce premier contact dans la friche industrielle. Il y a des liens que l'on n'explique pas… Ils naissent comme une évidence, et restent ancrés à jamais… comme un mystère qui n'a pas besoin d'être résolu.

Chapitre XII

Loïc retourna dans la friche industrielle où il avait fait la connaissance de Malo, en espérant y revoir Samira, Claire ou Erwan, ses trois amis graffeurs. Par chance, ils étaient là tous les trois, en train de réaliser une nouvelle fresque d'inspiration plutôt africaine représentant des bergers Massaï et des animaux de la savane.
— Salut, ça va ?
Les trois amis se retournèrent et saluèrent Loïc avec de grands sourires.
— C'est plus tout à fait marin, cette fresque, mais ça reste centré sur les animaux !
— Oui, répondit Samira. Il y a des animaux en voie de disparition sur toute la planète, et surtout en Afrique. Des gens riches paient des fortunes pour avoir un trophée dans leur salon, des animaux tués depuis un hélicoptère sans avoir eu aucune chance d'échapper au sort qui les attendait. Des gens stupides exploitent la misère des villageois de la savane et encouragent le braconnage. Pour ces animaux africains, la sensibilisation est la même que pour la faune marine.
— Oui, renchérit Claire, et ces massacres se passent sur toute la planète. C'est vraiment à désespérer du genre humain.
— Tu as raison, quand l'argent prime sur la raison, on arrive à ce genre de résultats désastreux.
Après ces quelques digressions, il leur demanda des nouvelles de Malo.
— Pas de signes de Malo depuis que tu es passé la dernière fois, lui répondit Samira. Pas de nouvelles, bonnes nouvelles !

— Ce n'est pas sûr, dit Claire, il peut lui être arrivé quelque chose ! Quelque chose de grave !

— Mais non, reprit Erwan ! Tout de suite ! T'inquiètes pas, il va revenir comme il est parti !

Claire n'était pas vraiment convaincue par Erwan.

— Et toi, Loïc, du nouveau ?

— Pas vraiment. Quelques traces par-ci par-là à Combourg, au mont Saint-Michel… où j'ai trouvé la trace de son grand-père !

— Ah bon, il a de la famille dans le coin ? Je croyais qu'il était orphelin. Ah le petit cachotier. Et, tu as pu lui parler, à son grand-père ?

— Non, et pour cause, il est décédé depuis quelques mois déjà ! Sur les indications de sa voisine, je me suis rendu au cimetière de Beauvoir où il est enterré. En voyant le nom de la femme de Gwendal Le Guen, son grand-père, j'ai noté celui de Lenaïc Malouin, épouse Le Guen, qui était donc sa grand-mère. En faisant des recherches plus poussées sur la piste de sa grand-mère, j'ai également découvert la tombe d'une Gwenaelle Malouin enterrée dans le cimetière de Lorette à Saint-Malo à la période où Malo est né. Quelqu'un connait le prénom de sa mère ? D'après les dates sur les pierres tombales, il se pourrait que sa mère soit bien Gwenaelle Malouin.

Les trois amis se regardèrent en secouant la tête. Pas de réponse.

— Non, dit Erwan, il n'en a jamais parlé ! Sa pudeur naturelle, tu comprends ?

— Oui, dit Loïc, je comprends bien. C'est vrai qu'il n'y a que Malo qui connait la réponse… Bon, on se tient au courant. Le premier qui a une info me contacte, d'accord ?

— Bien sûr, dit Claire, dont le ton de voix trahissait un sentiment qui dépassait le seuil de l'amitié.

— Claire tient beaucoup à retrouver Malo, dit Samira doucement.

— J'avais bien compris. Je vais te le ramener, ne t'inquiète pas, Claire !

Malgré l'angoisse des heures grises de l'attente perçue dans les yeux de Claire, et la larme qui laissait une trace luisante sur sa joue, Loïc embrassa les filles et serra la main d'Erwan avant de repartir.

Chapitre XIII

Loïc se rendit à la criée de Saint-Malo pour y faire quelques photos dès potron-minet. Il eut beaucoup de mal à se lever au milieu de la nuit et dut se faire violence pour s'arracher de sa couette. Mais l'épicurien qu'il était adorait l'ambiance du lieu, humer toutes ces odeurs, entendre les cris des vendeurs, photographier les reflets brillants sur les poissons qu'accentuaient les lumières blafardes des néons, qui piquaient un peu les yeux le matin à l'aurore. Au détour du dédale de caisses entassées, il aperçut un petit *M* runique sur plusieurs caisses de poisson. Il questionna le patron-pêcheur.
— Vous connaissez un certain Malo Malouin ?
— Il a effectivement travaillé sur un de mes chalutiers, mais pas plus de quelques mois.
— Pourrais-je en savoir un peu plus sur lui, les périodes où il a travaillé pour vous, car c'est un ami qui a disparu et que je recherche depuis plus d'un mois maintenant.
— Allez voir ma secrétaire, mon bureau se trouve juste à la sortie sur votre gauche.
— Merci beaucoup monsieur !
Après avoir repéré le nom de la Pêcherie Malouine sur les caisses de poisson, Loïc se rendit au bureau en espérant en savoir plus.
En entrant, il tomba sur un bureau au nom de Daisy Darlington. Petite blonde aux énormes lunettes et aux cheveux frisés, elle avait un look des années 70 avec une bague à chaque doigt. Il pensa que, baguée comme elle l'était, elle devait être un oiseau rare. Elle était en train de déposer méticuleusement une deuxième couche de vernis à ongles.

— Bonjour Daisy, osa-t-il. Votre patron m'a envoyé chez vous pour en savoir un peu plus sur le passage d'un certain Malo Malouin, qui aurait travaillé sur un de vos chalutiers.
Elle souffla sur ses doigts fraichement vernis, secoua les mains et sortit un énorme registre de l'étagère placée derrière ; elle l'ouvrit à la page de la lettre M.
— Je vois un certain Malo Malouin, effectivement. Que voulez-vous savoir, exactement ?
— J'aimerais que vous m'informiez sur la période exacte où Malo a travaillé chez vous.
— Comme notre système informatique est plus rapide, je vais vérifier sur l'ordinateur.
Loïc eut un petit sourire…
— Malo Malouin… Le voilà ! Il a effectivement travaillé chez nous l'été dernier, uniquement pendant trois mois. Il était sur le chalutier *Cancale* pendant cette période, comme marin-pêcheur ! Voilà, c'est tout ce que j'ai comme infos. Et son adresse, bien sûr ! J'espère avoir pu vous aider !
— Vous m'avez été d'un grand secours Daisy, merci beaucoup !
Il lui fit un grand sourire avant de ressortir du bureau avec l'adresse qu'il venait de noter dans son calepin.

Encore une nouvelle piste qui ne menait à rien où à pas grand-chose. Loïc se rendit à l'adresse communiquée mais elle était inexistante, l'immeuble ayant été démoli à cet emplacement. Il ne restait qu'un trou béant qui servait de terrain de jeux aux enfants du quartier, qui jouaient dans la gadoue avec leurs vélos, dans de grands cris de joie.

Chapitre XIV

En partant pour un reportage sur la trace d'un galion découvert au large des côtes, Loïc, au moment de monter dans sa voiture, vit la tempête se déchainer et hurler en projetant ses lames terrifiantes contre les troncs anti-vagues près des remparts. Les projections passaient largement par-dessus les remparts pour inonder la chaussée. Un peu trop dangereux de prendre la route par la côte. Il décida de passer par les ruelles de la ville épargnées par les paquets d'eau de mer.
Loïc arriva sur le quai du port Solidor où il gara sa voiture. Près de la tour du même nom – une ancienne prison aujourd'hui musée du Long-Cours Cap-Hornier –, il vit un attroupement de policiers. Il sortit sa carte de presse pour se frayer un passage et arriver sur les lieux. Effectivement, sur les eaux calmes du port, des gens s'affairaient à sortir d'un bateau à quai des caisses dont l'intérieur scintillait. C'était réellement des pièces d'or qui emplissaient plusieurs petits coffres de bois plus ou moins décomposés ; certaines pièces avaient été transvasées dans des caisses modernes afin de n'en perdre aucune. Loïc fit quelques photos pour illustrer son article.
— Bonjour ! Loïc Kerivel pour *Ouest-France*. Connaissez-vous l'origine de ces pièces ? interrogea-t-il en s'adressant à quelqu'un qui semblait être le chef de l'expédition.
— Pas encore... Nous allons vérifier s'il s'agit bien de doublons espagnols ou d'une autre origine. Nous vous ferons parvenir toutes les informations à votre journal

dès que nous aurons la confirmation de leur provenance. Et vous pourrez faire d'autres photos quand les pièces seront nettoyées et auront retrouvé leur éclat d'origine.
— Merci beaucoup, dit Loïc en tendant sa carte au responsable des fouilles.

Effectivement, quelques semaines plus tard, Loïc put enfin faire des photos des pièces restaurées et reçut quelques photos du galion retrouvé à quelques centaines de mètres de fond. On pouvait distinguer l'épave du vaisseau et même quelques canons restés intacts. On y voyait la coque principale et quelques morceaux épars qui laissaient deviner le triste sort du navire, coulé dans la fureur et la douleur d'un combat contre un ennemi puissant. Ou bien contre des éléments déchaînés comme une forte tempête accompagnée de vagues trop grandes et trop fortes pour lui. Il imaginait le terrible naufrage et avait de l'empathie pour tous les marins du bord qui avaient fini tragiquement dans les profondeurs de l'océan sans laisser de traces.

Chapitre XV

En guise de pause dans la recherche de son ami, et pour prendre un peu de recul, Loïc décida de faire un tour sur les remparts de Saint-Malo. Balade maintes fois effectuée, mais avec toujours autant de plaisir. D'autant plus qu'avec les saisons, on y découvre des choses que l'on n'avait jamais vues avant.
Ce jour-là, le ciel était bleu bien que chargé de nuages. Il ralentit devant le manège de la porte Saint-Vincent, où les enfants tournaient sur un cheval, une moto ou un carrosse. Cela lui rappelait les innombrables tourbillons de bonheur et de rires de son enfance sur le camion de pompiers, son préféré. Petit déjà, il rêvait de sauver des vies, et sa recherche de Malo allait peut-être lui permettre de le faire vraiment.
Son cheminement le mena au niveau de la Grande Porte et de ses deux tours imposantes. Il gravit ensuite les marches pour arriver sur les remparts et apercevoir l'*Étoile du Roy*, la réplique d'une frégate malouine du XVIIIe siècle amarrée dans le bassin Vauban, le port de plaisance. Après quelques pas, il se retrouva près du bastion Saint-Louis où trône la statue de bronze de René Duguay-Trouin, ce célèbre corsaire qui s'orienta plus tard vers la Marine Royale. Après ce bastion, il surplomba la plage du Môle. À l'abri des vents, c'est la plage intra-muros préférée des Malouins. Au large, un immense trois-mâts, toutes voiles dehors, filait sous le vent en s'éloignant vers l'horizon blafard. Il croisa Robert Surcouf sous la forme d'une statue à son effigie. Trop loin pour entendre ce qu'il disait, Loïc vit un

homme qui s'agitait devant la sculpture de bronze du célèbre corsaire et semblait lui parler avec véhémence. Plusieurs personnes s'étaient arrêtées pour l'observer et trouvaient cette conversation surréaliste. Mais nul n'osait déranger ce dialogue entre la statue et l'individu, qui semblait impétueux par moments. Interrompre ce moment de grâce aurait été le geste d'un voleur d'instants fragiles.

Parler à des statues n'est pas aussi absurde que cela, finalement. On parle bien à des gens qui n'écoutent pas vraiment, qui sont ailleurs. Ils retiennent uniquement la crête des phrases, les mots qu'ils veulent bien entendre et qui déforment le sens premier du discours exprimé. Si cette personne est comblée par sa conversation, bien qu'il n'ait pas de répondant, grand bien lui fasse. Il est peut-être heureux comme ça, à faire les questions et les réponses. C'est aussi une forme d'autosatisfaction…

Un peu plus loin, Loïc aperçut le bassin de Bon-Secours, piscine de mer qui reste pleine à marée basse, avec son plongeoir impressionnant d'où personne n'ose sauter, tant il était envahi par les algues. Il poussa jusqu'à la tour Bidouane pour tomber sur la statue de Jacques Cartier, autre célébrité de la ville, grand navigateur qui donna son nom au Canada. Il vit au loin l'ile du Grand Bé où se trouve le tombeau de Chateaubriand. Si la tombe semble petite, c'est dû à son souhait d'être enterré debout face à l'océan, pour n'y entendre que la mer et le vent. En avançant un peu, il aperçut le fort National, ancienne prison construite par Vauban, accessible uniquement à pied par marée basse, dédié à la défense de Saint-Malo comme une sentinelle des mers. Il continua jusqu'à la tour Quic-en-Groigne, accolée à l'ancien château des Ducs de Bretagne édifié entre le XVe et le XVIIIe siècle et qui héberge aujourd'hui la mairie. Il décida de redescendre sur la place Chateaubriand avant de rentrer chez lui, revigoré par l'air du large et les embruns qui avaient humecté son visage.

En passant devant la cathédrale Saint-Vincent, il vit des mariés sortir de l'édifice achevé au XVIIIe siècle et doté de magnifiques vitraux. La mariée, belle de loin mais loin d'être belle, sa robe de tulle gonflée par le vent la rendant énorme malgré sa frêle silhouette. Comme elle titubait un peu, ayant sans doute abusé du vin de messe pour se donner du courage, Loïc se demanda si la mariée bourrée pouvait être la promise cuitée. Il eut soudain envie d'une grosse meringue.

Il décida de passer à la boulangerie pour son repas du soir. Elle venait juste de rouvrir après une longue rénovation et un changement de propriétaire. En entrant dans la boutique, il fut inondé par une douce et chaude odeur de tarte aux pommes, accompagnée de suaves effluves de cannelle. La nouvelle boulangère était plus ou moins blonde, cheveux tirés, yeux globuleux et dents du haut proéminentes. De grosses lunettes à bords sombres donnaient un air bizarre à son visage ovale, comme à un personnage sorti d'un dessin animé. Elle était mince comme une ficelle, ce qui est une qualité pour une boulangère. La décoration était plus sobre qu'avant, mais assez moderne. Les nouveaux propriétaires avaient tout de même conservé le comptoir en bois et les étagères d'époque, souvenirs de l'ancienne boulan-

gerie fermée depuis bien longtemps déjà. Les rajouts d'éclairage, à partir de petites ampoules LED, mettaient bien en valeur les produits, ce qui lui inspira confiance.
— Bonjour monsieur, que puis-je vous servir ?
— Bonjour madame, je sens une bonne odeur de tarte aux pommes et je vais en prendre deux parts.
— Bien sûr monsieur, elle vient juste de sortir du four. Et avec ça ?
— J'aimerais bien une grosse meringue nature, s'il vous plait.
— Autre chose ?
— Oui, une baguette…
— La normale ou la tradition ?
— Euh… (en regardant le prix des baguettes) : comment se fait-il que la tradition soit plus chère ?
— C'est parce qu'elle est faite à la main !
— Ah ! Et les autres sont faites avec les pieds ?
— … Non, à la machine.

Loïc ne put s'empêcher de sourire avant de prendre ses achats et de sortir du magasin. Il fit quelques dizaines de mètres pour entrer dans le magasin de son chocolatier artisanal préféré. Des chocolats de toutes les formes, au lait, aux amandes, aux fruits secs, étaient disposés dans de petits compartiments où l'on pouvait se servir. Sa préférence allait vers le chocolat noir, le plus pur possible, à la ganache. Mais il aimait aussi gouter d'autres variétés, surtout quand il y avait des nouveautés. Sachet à la main, Loïc s'empressa de le remplir de toutes ces friandises magnifiques ! Très gourmand, il prétendait avec le sourire être capable de tuer pour du chocolat ! Le sachet était presque plein en arrivant au comptoir pour la pesée. Le prix le surprit un peu, mais il était à la hauteur de la qualité. Il annonçait aussi beaucoup de plaisir. Donc, pas de regrets !

Chapitre XVI

L'annonce d'une brocante à Saint-Malo emplit Loïc d'une grande joie. Il adorait chiner, déambuler, comme ça, sans but, sans chercher quelque chose de précis, juste pour humer l'atmosphère. Il comptait toujours sur le coup de cœur. L'objet qui va accrocher l'œil et donner envie de le toucher, de le regarder de tous les côtés avant de demander le prix et de marchander avec acharnement pour avoir le dernier mot. Son regard d'artiste vit dans une navette de bois, outil indispensable d'un métier à tisser, un moyen de la transformer en barque africaine : pourquoi pas ? Il raffolait aussi des gravures, principalement de sa ville, mais d'autres aussi, de pays lointains ; mais les vendeurs en demandaient des prix exorbitants ! Malgré de longues tractations, il avait du mal à faire descendre les prix et repartait souvent avec une légère amertume au fond de la gorge et les mains vides. Mais certains jours la chance lui souriait ! Il avait flashé sur un moule en bois qui servait à former les chapeaux. Le prix de départ étant excessif, il avait marchandé comme un malade afin d'obtenir le prix souhaité. Il ne savait pas encore à quoi il pourrait lui servir, mais il était arrivé à ses fins, au point que le vendeur était si dépité qu'il en fit une grimace. Sa collègue Gwendoline, également artiste plasticienne, lui avait demandé de trouver éventuellement un paravent, pour en enlever le tissu et l'habiller d'une autre toile et la peindre ensuite. Difficile à trouver, il s'était toujours retrouvé bredouille dans la recherche de cet objet magnifique et rare. Mais par contre, il lui avait trouvé de vieux draps à découper pour en faire des livres en tissu avec des textes et des impressions colorées. Elle les transformerait également en bandelettes avec des phrases dessus, pour confectionner des lampes, en les suspendant autour de l'ampoule. Elle avait vraiment de l'or dans les mains !

Dans les brocantes, on trouve de tout et du n'importe quoi. Loïc tomba sur une paire de skis et de chaussures, et il se demanda où l'on pouvait bien skier en Bretagne. Il fit remarquer au vendeur que chaussures prenait un *s* vu qu'il y en avait deux. « Refuser le pluriel me parait singulier », se dit-il à voix basse afin de ne pas être entendu.
Il y a beaucoup de choses dont les gens veulent se débarrasser à tout prix et à n'importe quel prix. Un jour, il avait remarqué un animal empaillé, complètement raté, et s'était dit qu'il y avait des gens qui ne doutent vraiment de rien. Quelle chance de vendre ça ? Quasiment aucune... À moins d'un original voulant monter sa propre galerie des horreurs... Mais qui ne doit pas avoir beaucoup d'amis.

Une troupe de gens costumés et masqués, accompagnés de quelques musiciens, déambulait dans la brocante, semblant en grande forme et jouant avec les gens en leur jetant des confettis. Un des participants, en tenue d'Arlequin, s'arrêta un instant et fixa Loïc. Ses yeux verts pouvaient-ils être ceux de Malo ? Combien de chances que ce soit lui ? Une sur beaucoup, se dit-il, avant que la troupe ne continue sa progression à vive allure. L'Ar-

lequin lui jeta une poignée de confettis en riant et courut pour rattraper ses compagnons de folie. Après cet épisode burlesque, le calme revint.
Il remarqua qu'on voyait beaucoup de crucifix sur les étals : d'où pouvaient-ils bien provenir ? Et qui pouvait bien en acheter ? Mais ce que l'on trouve le plus, ce sont des vêtements, des vêtements d'enfants en majorité. C'est intéressant pour les familles à faibles revenus ; comme les enfants grandissent vite, il faut toujours en acheter de nouveaux et dans d'autres tailles au fur et à mesure qu'ils grandissent.
Même s'il rentrait souvent sans avoir rien trouvé, Loïc était ravi de se promener dans les rues, juste pour l'ambiance. C'est un véritable disciple d'Épicure.

Mais tout ça ne faisait pas avancer sa quête à la recherche de Malo. Malgré plusieurs pistes sérieuses, il était toujours introuvable.
« J'espère qu'il n'a pas changé d'identité, sinon ça va être encore plus difficile. Où que tu sois, je te retrouverai ! Promis ! »

Chapitre XVII

Qu'est-ce qui peut pousser quelqu'un à s'évaporer ? Ne peut-on accepter une disparition comme un choix ? C'est souvent une décision personnelle qui peut malheureusement entrainer des inquiétudes, des doutes et beaucoup de questions… Disparition voulue, choisie ou subie. Absence habituellement incomprise par l'entourage. Angoisse, larmes et rancœur accompagnent des questions sans réponses et plus fréquemment, beaucoup d'incompréhension. Manque de dialogue, fuite devant les problèmes et irresponsabilité font s'agrandir les fissures déjà existantes entre les gens.
Parfois des personnes disparaissent parce qu'elles sont victimes d'un enlèvement. Elles sont souvent séquestrées et maltraitées, voir torturées et violées. Malgré le paiement d'une rançon, la victime libérée s'en sort rarement indemne. Même si la police les retrouve très souvent, les survivants ont des séquelles irréversibles. Ces rescapés ont beaucoup de difficultés à revenir à la normalité, mais elles sont vivantes. Ce sont des victimes innocentes. Mais quand quelqu'un disparait de son plein gré, c'est un choix qui lui appartient entièrement. Soit qu'il n'était pas satisfait de sa vie et ne laisse aucune trace pour ne pas avoir à se justifier et éviter de longues explications, sachant très bien que personne ne va le comprendre. Soit il est tout simplement fatigué d'une vie trop mouvementée et aspire au calme et à la sérénité. C'est souvent une décision murement réfléchie pendant des mois, voire des années, avant de passer à l'acte. Beaucoup de gens rêvent de changer de vie, mais

très peu franchissent le pas. Même s'il n'y a souvent qu'un pas entre le rêve et la réalité, rares sont ceux qui osent le franchir pour s'y aventurer. L'herbe est-elle vraiment plus verte ailleurs ?

Il est possible qu'une personne disparaisse pour avoir voulu retrouver sa fille, née d'une première union, alors que sa nouvelle compagne n'a pas pu lui donner d'enfants. Cette fille dont le souvenir lui revient sans cesse et qu'il veut retrouver pour la voir grandir. Il ressent cela comme un besoin, une nécessité. Il doit le faire pour elle... et pour lui !

Ou alors, il a commis un acte répréhensible et tente de se faire oublier quelque temps. Ce ne sont que des hypothèses ! Mais ce n'est pas le cas de Malo, j'en suis sûr. Il a été mis hors de cause dans le meurtre du marin joueur de poker, et il ne ferait pas de mal à une mouche, selon les dires de Claire.

Chapitre XVIII

Loïc décida d'aller faire une petite visite à Saint-Lunaire pour voir son ami Kylian Kemener, forgeron et artiste sculpteur. Il l'avait informé qu'une nouvelle galerie était intéressée par son travail et Loïc souhaitait absolument voir ses nouvelles créations élaborées pour une exposition dans ce nouveau lieu.
Kylian, doux géant blond, les yeux bleus et une barbe jusqu'au nombril, était penché au-dessus du feu de sa forge quand Loïc entra dans son atelier. Seule la lumière du feu éclairait son visage et faisait briller son regard. Le reste de la pièce était plutôt sombre, empli d'outils et de morceaux de métal avec lesquels il composait ses œuvres. Il forgeait une tige de métal qu'il façonnait au marteau dans un bruit d'enfer jusqu'à obtenir la forme souhaitée. Une fois refroidie dans l'eau qui *pschittait* lors du contact en dégageant de la fumée blanche, il assemblait la tige aux autres éléments déjà soudés, au chalumeau, ce qui occasionnait de superbes gerbes de feu. Trop pris par sa création, Kylian ne vit pas entrer Loïc.
— Salut Kylian, toujours en plein travail !
— Salut Loïc, ben oui, et je ne suis pas en avance ! La date de l'expo arrive et j'aimerais bien présenter cette nouvelle pièce, qui n'est pas encore terminée.
— Tu dis à chaque fois la même chose, mais je suis sûr que tu vas y arriver et que ton expo sera un succès comme à chaque fois.
Tu voulais me montrer les autres pièces, tu m'as dit !
— Oui, je termine cette soudure et je pose mon chalu-

meau. Je vais te montrer les pièces que j'ai sélectionnées et que j'aimerais exposer.

Loïc observait Kylian au travail.

— Tu ne t'es jamais brulé la barbe ?

— Non, quand je suis un peu trop près, je la coince dans la ceinture, dit-il en riant.

Il éteignit son chalumeau, posa son masque et enleva ses gants avant d'embrasser son ami Loïc. Kylian l'emmena dans une autre partie de l'atelier où trônaient les pièces destinées à l'exposition.

— Voilà, dit Kylian, il y a une dizaine de pièces de différentes tailles, vu que la galerie n'est pas immense. Le thème de toutes les œuvres reste l'humain, même si certaines pièces y ressemblent peu.

— Mais elles dégagent tout de même une sensibilité certaine et quelques-unes semblent même me suivre du regard. Surtout celle-là, dit Loïc en pointant du doigt une statue aux formes généreuses. Elle me fait penser un peu à une chouette, tu ne trouves pas ?

— C'est pour cela que son titre est *L'humain est chouette*. Cela fait vraiment plaisir d'avoir affaire à quelqu'un qui aime et comprend mon travail !

— C'est vrai que j'aime beaucoup ton travail, et c'est aussi pour ça qu'on s'entend si bien !

— Tu as vu le héron ? dit Kylian.

— Ah oui, tout en finesse et il a pourtant l'air sur ses gardes avec ses yeux méfiants.

— Je l'ai appelé *Le Héron de la Résistance* !

— Je constate avec plaisir que tu t'amuses toujours autant !

— Une journée sans rire est une journée perdue !

— Je suis bien d'accord avec toi Kylian !
— Et si on allait continuer cette discussion autour d'une bolée de cidre ? En plus, j'ai fait du far, il ira très bien avec !
— Ah ben… Si tu me prends par les sentiments ! Allons-y !

Les deux amis se dirigèrent vers la maison de Kylian, remplie de ses œuvres et où il vivait seul. Sa mère, avec qui il avait habité jusque-là, était décédée depuis quelques années déjà. Un soir, en appelant son chat pour le faire rentrer, elle n'avait pas vu pas le félin noir se faufiler entre ses jambes. Il lui avait fait perdre l'équilibre et elle était tombée tête première sur le sol de dalles de pierre et morte sur le coup. Depuis, se retrouvant seul, il avait rencontré des femmes bien sûr, mais aucune de ses compagnes n'avait supporté qu'il fasse passer son travail artistique avant leur relation de couple…

Ils prirent place autour de la table massive de l'immense cuisine où l'âtre de la cheminée diffusait encore la chaleur des dernières lueurs mourantes. Kylian remit sur les braises rougeoyantes une buche de chêne qui prit feu presque instantanément. Il posa une bouteille de cidre bouché sur la table, avec deux bols. Puis il apporta le far dans son moule, encore tiède. Il coupa un large morceau qu'il déposa dans une assiette devant Loïc avec une petite cuiller, et se prit une part avant de déboucher la bouteille de cidre brut et de remplir les bols de ce délicieux nectar.
— À nous, dit-il en levant son bol pour trinquer.

— À notre amitié !

Après une gorgée de ce breuvage revigorant, Loïc entama le far.

— Mmmm… très réussi, ton far ! Bravo !

Kylian ayant la bouche pleine à ce moment-là et il esquissa un sourire avec des joues de hamster. Une fois la bouche vide, il s'adressa à Loïc.

— Et toi, quoi de neuf depuis le temps ?

— Je travaille toujours à *Ouest-France* et ce boulot me plait toujours autant !

— Tant mieux ! C'est toujours plus agréable de faire un travail qu'on aime !

Kylian vit une petite hésitation chez son ami.

— Un problème ?

— Oui… Enfin… Je suis à la recherche d'un ami qui a complètement disparu depuis plusieurs mois maintenant.

Loïc lui raconta sa rencontre avec Malo le graffeur.

— Il s'appelle Malo Malouin. Il est originaire de Saint-Malo. Son nom ne te dit rien ?

— Non, désolé. Dans la liste des artistes qui exposent avec moi il y a des peintres, mais pas de graffeurs. Mais si j'entends quelque chose à son propos, tu peux compter sur moi pour te rappeler. Par contre… à la sortie du village, prend le chemin sur ta droite à la fin de la forêt, et tu tomberas sans doute sur la Noire, la sorcière de la région. Elle pourra peut-être t'aider.

— Tu penses vraiment qu'elle peut ?

— Essaye toujours, ça ne coute rien…

— Merci, c'est sympa ! D'autant que je commence vraiment à m'inquiéter.

— Je te préviens, elle n'enfourche pas son balai, plaisanta Kylian, mais quand elle est fâchée, elle est capable de te le casser sur la tête !
— Je vais essayer de m'en souvenir ! Mais je cours très vite tu sais !
Après avoir refait le monde pendant un bon moment, les deux amis se séparèrent.
— Je t'enverrai une invitation pour le vernissage… Et si tu peux faire un papier !
— Oui, bien sûr, avec plaisir…

Loïc reprit sa voiture et décida de suivre le conseil de son ami pour aller faire une petite visite à cette sorcière, même si cela ne l'enchantait guère. À la sortie de Saint-Lunaire, il prit la dernière route sur sa droite pour s'enfoncer dans la forêt afin d'y rencontrer la Noire, cette fameuse sorcière que Kylian lui avait indiquée. Il pensait qu'elle pourrait peut-être l'aider à retrouver son ami Malo, à condition de ne pas la contrarier.

En suivant les indications de son ami, Loïc découvrit une cabane entourée d'immenses arbres. Faite de bric et de broc, elle semblait pouvoir s'écrouler si on éternuait un peu fort. Arrivé devant la maison, il arrêta le moteur de la voiture sans en descendre tout de suite. Il observa la masure et ses alentours immédiats. Il était un peu inquiet tout de même. La nuit commençait à tomber et il distinguait à peine les contours de la « maison » malgré la pleine lune, qui devait être le bon moment pour aller voir une sorcière. Rien ne bougeait et aucun bruit non plus, à part le vent dans les feuilles. Il

entreprit de descendre prudemment de la voiture et de s'avancer à pas feutrés vers l'antre de la sorcière. Il toqua doucement à la porte de peur qu'elle ne s'écroule. Aucune réponse. Il frappa un peu plus fort dans l'espoir de se faire entendre. La force mesurée avec laquelle il cogna la porte suffit à la faire s'ouvrir dans un long grincement lugubre. Il se fit accueillir par un énorme chat noir qui fit le dos et cracha en le voyant avant de s'enfuir à toute vitesse entre ses jambes par la porte restée entrouverte.
Soudain, une voix venue du fond de la pièce se fit entendre.
— Qui ose me déranger à cette heure ? Qui es-tu ?
— C'est moi… Je suis Loïc Kerivel, répondit-il timidement, troublé par cette voix rauque qui semblait venir d'ailleurs.
— Que me veux-tu, grand escogriffe ?
Loïc eut du mal à se présenter et à annoncer la raison de sa visite, au vu de la noirceur de cet antre où l'on distinguait à peine quelques meubles, une table ronde, une bibliothèque très fournie et poussiéreuse, des objets épars qu'elle devait utiliser pour ses rites magiques comme des ailes de corbeau et des serpents séchés, des fioles de liquides de différentes couleurs, des philtres d'amour sans doute… ainsi qu'une cuisinière qui ronronnait, et sur laquelle fumait une marmite d'une couleur sans nom. Il était tellement impressionné qu'il eut du mal à parler.
— Je suis à la recherche d'un ami disparu et j'espérais que vous pourriez m'aider à le retrouver.
Toujours sans bouger de son fauteuil crasseux, elle le dévisagea :

— Qu'est-ce qui te fait croire que je vais t'aider ?
— C'est Kylian Kemener, le forgeron, qui m'a parlé de vous…
— Ah, l'artiste ! Je vois…
— Comment s'appelle ton ami ?
— Malo… Malo Malouin…, madame.

La sorcière, engoncée dans son fauteuil sans âge, avait le regard bas et aussi sombre que son intérieur. Elle ne s'était sans doute pas coiffée ni lavé ses cheveux filasse depuis longtemps. Elle avait des rides si profondes que l'on ne pouvait lui donner d'âge, même approximatif. Ses vêtements, à l'état de guenilles, pendaient en lambeaux de tissus allant du gris foncé au noir profond. Elle devait les porter depuis longtemps, plusieurs années sans doute. Ses mains étaient impressionnantes, tant ses doigts crochus et ses ongles étaient longs… et d'une saleté repoussante. Elle prit un vieux grimoire poussiéreux sur une étagère, à la recherche d'une formule magique sans doute. N'ayant pas trouvé, elle le jeta sur sa table où il retomba ouvert. L'ouvrage souleva un nuage de poussière qui fit tousser Loïc. Une fois le brouillard formé par la poussière retombé, il se pencha pour essayer de lire le texte des pages restées ouvertes. Mais il était écrit à la main dans une langue que de simples mortels ne pouvaient déchiffrer. Elle le tourna vers elle et au bout d'un moment d'intense concentration suivi d'un grognement, elle le ferma et reposa le manuscrit en s'adressant à Loïc :

— Montre-moi ta main.

Loïc lui tendit sa main droite, paume ouverte.

— Pas celle-là, l'autre, dit la femme fermement.

Loïc s'exécuta, se souvenant du conseil de Kylian de ne pas la contrarier.

La sorcière prit sa main gauche et se concentra sur les lignes de la paume pendant un long moment.

— Je le vois, ton ami, dit-elle enfin. Il bouge beaucoup… il voyage… ou il fuit quelque chose ou quelqu'un en laissant un chemin parsemé de dessins sur les murs.

Hésitant à l'interrompre, Loïc osa tout de même poser une question :

— Pouvez-vous voir où il se trouve actuellement ?

— Les lignes de la main ne sont pas une carte routière, jeune homme, on y voit seulement les faits, sans autres précisions… Mais il est toujours en Bretagne, j'en suis sûre ! Je le vois !

— Si vous le voyez, c'est qu'il est toujours vivant !

— Oui, pour sûr ! Il bouge. Il bouge beaucoup. Il est bien vivant.

Loïc essaya de reprendre sa main, malgré le malaise qu'il éprouvait devant cette vieille femme crasseuse, qui, comme le lui avait dit Kylian, n'avait pas changé d'apparence depuis longtemps. À croire que le temps n'avait pas d'emprise sur elle.

La sorcière, sortant de sa léthargie, prit le balai posé à côté de son fauteuil, et le fit tourner d'est en ouest dans le sens des aiguilles d'une montre, ce qui eut pour effet de faire reculer Loïc de quelques pas.

— Ces cercles ont une fonction symbolique de purification. Ils vont t'aider à retrouver ton ami de façon certaine.

À moitié rassuré, Loïc lui posa une question :

— Comment puis-je vous remercier, madame ?

— En arrêtant de m'appeler madame. Ici tout le monde m'appelle « La Noire ». Ce qui m'arrange, car depuis le temps, j'ai complètement oublié mon vrai nom. Quand tu auras retrouvé ton ami Malo, repasse me voir avec lui, car je guéris aussi les troubles du corps et de l'esprit. Pour les corps, je connais les plantes médicinales qui guérissent tous les maux, et pour l'esprit, je dispose d'un grimoire où sont transcrites toutes les formules magiques pour que ton ami aille mieux.
— Mais... vous êtes une sorcière ou une fée ?
— Peut-être un subtil mélange des deux, jeune homme !
Loïc, troublé par cette réponse sibylline, la remercia encore une fois. Par ses paroles, elle lui donnait un peu d'espoir malgré tout. Il était partagé entre la perspective de retrouver Malo et le doute. Il s'adressa une dernière fois à la sorcière :
— Kylian prétend que vous êtes insensible au feu ; est-ce vrai ?
La Noire mit sa main dans la cheminée où rougeoyaient encore des braises. À la grande surprise de Loïc, elle prit une braise incandescente avec les doigts et referma sa main dessus en serrant le brandon brulant. Au bout d'un moment, elle reposa le charbon sur le feu et lui montra sa main ouverte qui ne comportait aucune trace de brulures.
— C'est incroyable, dit Loïc. Comment est-ce possible ?
— C'est un des nombreux pouvoirs que nous avons, nous les sorcières, dit-elle en esquissant un petit sourire à peine perceptible.
Loïc était vraiment médusé. Il n'en croyait pas ses yeux. Il remercia plusieurs fois encore la Noire en sortant de

son antre à reculons, de peur qu'elle ne lui jette un sort, ce qui serait mauvais pour sa quête. Il tira la porte doucement derrière lui, rassuré de n'avoir pas fini comme ingrédient dans une de ses mixtures. Il reprit sa voiture difficilement, comme paralysé par cette expérience hors du commun. Il décida de longer la côte pour rentrer. Le soleil était déjà bas et les premières lueurs crépusculaires commençaient à se colorer, annonçant un magnifique coucher de soleil. Le soleil, ce soir-là, disparut dans la mer, comme une pièce d'or dans une tirelire. Pendant tout le trajet de retour, il garda un petit sourire sur les lèvres, comme quelqu'un qui se sent bien malgré une petite pointe d'appréhension.

Chapitre XIX

Loïc se demandait pourquoi disparaitre ainsi. Alors qu'il connaissait à peine Malo, leur amitié lui semblait plus ancienne, sans comprendre exactement pourquoi. Il aurait aimé créer un dictionnaire spécial, dans lequel il aurait éliminé les mots qu'il n'aimait pas... Comme *disparition* ou *raisonnable*, par exemple, et bien d'autres encore !

Une disparition peut être le résultat d'un ras-le-bol général, qui peut pousser une personne à disparaitre définitivement. Le manque de communication et la mésentente peuvent avoir le même effet. Dans un couple, ne plus arriver à se parler, les silences, peuvent provoquer une fuite vers un ailleurs. N'ayant plus de réponses à ses questions, une personne peut envisager de les trouver autre part, dans une vie qui lui semblerait plus supportable. Il arrive que des Européens choisissent de s'évaporer en devenant moine dans un temple bouddhiste tibétain, par exemple, et parfois d'y rester pour se retirer d'un monde matérialiste qui ne leur convient plus et en revenir aux valeurs essentielles.
Partir sans explications ? Un post-it sur le frigo est un peu court et pas très élégant. Mais quand on a retourné la situation dans tous les sens et essayé toutes les solutions possibles, il n'y a plus qu'une issue possible... la fuite !
Les premiers signes, pour comprendre comment disparaitre, sont de se faire oublier au maximum : ne plus répondre au téléphone ou sur la messagerie électronique, éviter de sortir, se couper de ses amis, se couper du

monde… Prendre sa voiture et rouler tout droit vers une direction pas forcément choisie, peut être une solution à court terme. La vie ne s'arrête pas là, car elle continue ailleurs, meilleure ou pire parfois. L'essentiel est de ne plus donner signe de vie à personne, même si les proches sont en proie à l'angoisse. Disparaitre reste un acte égoïste, un peu comme le suicide, sauf que personne ne sait rien. On pense connaitre les gens, mais chacun a sa part d'ombre.
Peut-être que l'absence de bonheur dans une vie trop bien installée, une routine et de nombreuses habitudes font ressentir un besoin d'aller voir ailleurs. Prévenir son entourage sur ses intentions ? C'est à coup sûr le moyen de se remettre en question et reporter la décision. L'entourage va tout faire pour vous retenir par différents moyens : pression psychologique ou chantage affectif. Pour le cercle familial, il est difficile de comprendre une telle décision quand on a construit quelque chose avec quelqu'un. Une vie faite de passion, d'amour et d'une famille qui tient beaucoup à vous. Mais là encore, au bout d'une ou deux décennies de vie commune, peut-on encore parler d'amour ? Au bout d'un certain temps, l'amour a fait place à la tendresse ou à l'habitude, et la personne qui a pris la décision de disparaitre ne s'y sent plus vraiment à sa place. Cela peut être une des raisons qui pousse les gens à prendre ce genre de décision. Mais… une fuite vers quoi ? Vers qui ? La fin de quelque chose est aussi le début d'autre chose… mais sans savoir si cette autre vie sera meilleure. C'est une véritable prise de risques que prennent ces personnes qui ont fait le choix de disparaitre, après

y avoir réfléchi longuement. En même temps, si on ne veut pas prendre de risques dans la vie, il vaut mieux rester couché.

Chapitre XX

Dans ses rares moments de rêverie, Loïc se rappelait les légendes bretonnes que lui racontait sa mère quand il était enfant. Souvent lui revenait la légende de saint Bizy, qui ne voulait pas interrompre la messe pour obéir au sire du château de la Roche, qui souhaitait qu'il vienne guérir immédiatement ses chiens malades. Informé de son refus d'interrompre l'office, le baron se rendit à l'église et y entra en marchant vers le saint. Il lui fendit le crâne jusqu'aux oreilles avec son sabre qui resta fiché dans sa tête. Saint Bizy ne s'aperçut pas tout de suite du coup qu'on venait de lui porter, et termina la messe. Il sortit de l'église pour retrouver saint Gildas, et mourut en martyr de la foi. Le baron de la Roche rentra furieux dans son château où ses animaux atteints de la rage, s'entredévoraient. Quand ils le virent, ils se jetèrent sur lui et le mirent en pièces. Le château de Castenec devint hanté depuis cet évènement. Des fantômes s'y promènent encore, dit-on. Parfois, une grande silhouette féminine revêtue d'un large manteau noir passe avec un flambeau et son chien qui la devance. Certaines nuits, on peut y apercevoir également une princesse, voilée de longs habits de deuil, marchant en lévitation dans les couloirs à quelques centimètres du sol. Des lumières de toutes les couleurs et des gémissements, des cris lugubres font fuir les animaux. Pendant les fortes tempêtes, des cris stridents sortent des ruines, et ces gémissements sont une dernière agonie des hôtes du château de Castenec.

Loïc aimait aussi le conte des lavandières de nuit, qu'il affectionnait particulièrement. Des femmes fantomatiques, vêtues de longues robes blanches, se promenaient la nuit et semblaient ne pas toucher le sol. Elles effrayaient les habitants qui restaient terrés chez eux, de peur d'en subir les conséquences. Des lavandières noctambules, furieuses si on les siffle, vous attrapent et vous tordent en vous broyant dans leurs draps. Vous serez alors écrasé dans d'atroces souffrances, leurs victimes flottant ensuite dans les eaux de la rivière. Des hordes de chats noirs endiablés se retrouvent à certains endroits de la ville et miaulent effroyablement. Mais il ne faut pas leur tirer dessus, car ce sont les chats des Dames Blanches, et dans ce cas, il vous arriverait un grand malheur. Gardez-vous bien de provoquer les Dames Blanches...

Par contre, sa mère avait toujours refusé de lui raconter la légende de la brouette de la Mort, qui, par atavisme, lui faisait toujours peur. L'Ankou est un lutin maléfique qui sème la mort partout où il passe. Dans la croyance populaire, il est responsable de tous les malheurs, même accidentels. Il fait sombrer les navires ou les drosse sur les rochers. Il fait se noyer les marins, arrache le dernier soupir aux mourants et chasse les âmes dans les cimetières et sème le désordre en jetant des sorts. Il emmène les corps de ses victimes sur sa charrette avec l'aide de ses acolytes, et les gens ne sortent pas de chez eux quand ils entendent les grincements du sinistre véhicule. Il se réjouit des tempêtes en mer, car c'est une promesse de grande besogne. Après le passage de la brouette de la Mort (Karrikel ann Ankou), on peut apercevoir les traces des roues de la charrette. Il sème la terreur et une grande crainte chez les habitants.

Il avait une tendresse particulière pour les légendes d'Ouessant, une petite ile au large du Finistère. Comme celle de Mona Kerbili, une ravissante jeune femme dont la beauté foudroyait ceux qui croisaient son regard. Son père était un pêcheur qui passait tout son temps en mer. Sa mère s'occupait d'un lopin de terre attenant à leur habitation ou filait du lin par mauvais temps. Mona passait son temps avec des filles de son âge, à ramasser des coques, des moules, palourdes et autres bigorneaux, qui faisaient l'ordinaire de la famille. Les jeunes filles discutaient entre elles des amoureux dont elles rêvaient. La plupart portaient leur préférence sur un homme gentil, beau, ne buvant pas et qui saurait diriger sa barque en évitant les nombreux rochers de l'ile.
Mona, elle, ne voulait pas d'un pêcheur toujours absent comme mari, et ne souhaitait épouser qu'un prince riche et puissant ou un Morgan. Les Morgans, dans les légendes bretonnes, sont un peuple aquatique vivant dans un palais au fond de l'océan et adorant se promener sur les rivages.
Un jour, le roi des Morgans, qui l'épiait depuis un gros rocher, enleva Mona et l'emporta avec lui dans la mer. La nouvelle fit rapidement le tour de l'ile, et comme les gens pensaient qu'elle était la fille d'un Morgan, ils se dirent que c'était son père qui l'avait enlevée pour l'emmener dans son palais. Le fils du monarque tomba amoureux de Mona au premier regard et demanda sa

main à son père. Le roi refusa car il avait lui aussi des vues sur elle. Il lui répondit qu'il ne consentirait jamais à lui laisser prendre pour femme une fille des hommes de la Terre. Il ordonna à son fils de se marier avec une Morganès de son royaume. Le mariage eut donc lieu. Le roi ordonna à Mona d'accompagner les jeunes mariés dans leur chambre nuptiale et d'y rester, en tenant un cierge allumé en main. Quand le cierge serait consumé jusqu'à sa main, elle devait être mise à mort. Après un subterfuge où le marié demanda à sa jeune épouse de tenir le cierge pendant que Mona allumerait le feu, le vieux Morgan entra furieux dans la chambre et lui coupa la tête sans la regarder, d'un rapide coup de sabre. Il sauva ainsi la vie de Mona, la fille de la Terre. Conscient de son erreur et complètement dépité, le vieux Morgan donna finalement son consentement et le mariage avec Mona fut célébré avec faste.

Malgré tout ce bonheur, Mona était plongée dans une grande tristesse. Sa famille lui manquait terriblement. Elle souhaitait revenir sur Terre pour les revoir. Son mari ne voulait pas la laisser partir car il avait peur qu'elle ne revienne pas. Après plusieurs jours et nuits de larmes, il accepta enfin de la conduire jusqu'à la maison familiale. Ses parents eurent des difficultés à l'identifier tant elle était parée d'habits somptueux et de parures étincelantes. Après maintes hésitations, ils la reconnurent finalement et les retrouvailles furent chaleureuses. Ces effusions terminées, Mona s'en retourna retrouver son mari le Morgan et ils regagnèrent ensemble la mer. Depuis, on ne la revit plus jamais...

On aperçoit encore parfois des Morganezed (pluriel

féminin de Morganès, ou Morgane en français, les êtres nés de la mer) au clair de lune, batifolant sur le sable du rivage avec leur peau diaphane et coiffant leurs longues chevelures de cuivre par des peignes d'or.

« C'est très agréable tous ces bons souvenirs, une plaisante petite pause. Mais cela me détourne de ma recherche et ne fait pas vraiment avancer les choses. »

Chapitre XXI

Rentrée au journal après un court moment de détente sur le port, sa collègue Gwendoline, dont le bureau des faits divers se trouve à côté de celui de Loïc, l'interpelle tout excitée :
— Loïc, tu veux entendre une histoire extraordinaire ?
— Quelle question... Bien sûr que ça m'intéresse ! Je suis toujours friand d'histoires, surtout extraordinaires !
— Eh bien, figure-toi que je vais faire un reportage sur une histoire incroyable... mais vraie.
Loïc, excité par tant de suspense, ne tient plus en place.
— Allez, raconte, ne me fais pas languir plus longtemps.
— C'est une histoire qui date de quelque temps déjà, mais j'ai eu l'info seulement maintenant par une amie que j'ai retrouvée récemment autour d'un verre dans une soirée.
Loïc piaffe d'impatience.
— C'est l'histoire d'une femme dépressive depuis la naissance qui est montée au sommet de la flèche du clocher de la cathédrale Saint-Vincent...
— Mais c'est là, chez nous ! dit Loïc tout excité.
— Mais oui, c'est pour cela qu'il est incroyable que je n'aie pas eu connaissance de ce fait divers.
— Ça s'est peut-être déroulé quand tu étais absente pour un reportage.
— Sans doute, oui ! C'est bien possible, je n'ai pas eu la date exacte.
— Cette femme avait des envies de suicide ?
— Tout à fait, Loïc, sauf que cela ne s'est pas passé comme elle le souhaitait. En enjambant la balustrade de

la flèche du clocher pour mettre fin à ses jours, elle a basculé dans le vide, mais avant de toucher le sol, elle est restée accrochée à une gargouille qui se trouvait sur sa trajectoire. Cassée de partout, elle est restée tétraplégique après cet acte raté. Après plusieurs opérations et des soins intensifs, elle est ressortie de l'hôpital sur une chaise roulante. Aujourd'hui, elle n'est plus du tout dépressive et démontre un étonnant appétit de vivre. Ce ratage lui a fait comprendre le sens de la vie qu'elle dévore maintenant à pleines dents. Tu te rends compte ? Il lui a fallu vivre cet acte désespéré pour comprendre que la vie vaut la peine d'être vécue pleinement.

— Tu as raison Gwendoline, c'est plus qu'incroyable, c'est un miracle… une résurrection même ! Je suppose que tu vas la rencontrer pour l'interviewer ?

— Oui, le rendez-vous est pris, et je pense qu'elle est aussi excitée que moi !

— C'est super, tu vas pouvoir sortir un peu de ton bureau ! Tu me raconteras ?

— Bien sûr ! Mais tu pourras aussi lire mon article pour me donner ton avis.

— Évidemment, ce sera avec plaisir, Gwendoline.

À ces mots, leurs regards figés restèrent ancrés un bon moment. Après un sourire complice, chacun retourna à son travail.

Chapitre XXII

Un jour où Loïc prenait sa voiture pour se rendre loin de Saint-Malo pour un reportage sur les huitres plates de Cancale, le petit gyrophare bleu d'une voiture de police attira son regard à la sortie de la ville. Garée près d'un abribus, elle était accompagnée par une voiture de la compagnie des transports du réseau MAT. À son passage à la hauteur de l'arrêt de bus vitré, les employés et les policiers étaient en grande discussion. Il aperçut un homme allongé au sol recouvert d'un linceul blanc qui laissait deviner la forme des pieds. Sans doute un pauvre bougre qui n'avait pas réussi à survivre, saisi par le froid glacial de la nuit. Ce n'était hélas ni la première ni la dernière fois qu'un S.D.F. terminait ainsi sa vie aussi tristement, faute d'avoir trouvé quiconque pour l'aider à s'en sortir vraiment.

Loïc s'arrêta un peu plus loin pour envoyer un texto à Gwendoline, afin qu'elle se rende sur les lieux pour faire un papier.

Deux heures plus tard, Loïc repassa au même endroit sans que rien n'ait bougé. Le gyrophare tournait toujours et la voiture de la MAT était toujours sur place, ainsi que la victime, toujours allongée sous son éphémère abri de verre de la station de bus.

Loïc fut dépité du peu d'entrain des autorités à s'occuper dignement d'un S.D.F. Toutes les municipalités rejettent la faute sur celles d'avant, mais ne cherchent pas vraiment à trouver des solutions viables. Elles préfèrent se renvoyer la balle, comme si c'était un jeu de jouer avec la vie des gens.

Rentré au journal, Loïc interpela Gwendoline sur ce fait divers.

— Alors, Gwen, tu as pu obtenir des infos au sujet du S.D.F. ?

— Oui, mais pas grand-chose, il n'avait pas de papiers sur lui. Je sais juste qu'il avait environ cinquante-six ans et, selon les services sociaux que j'ai réussi à contacter, il ne s'était pas présenté hier soir au refuge. Il vivait dans la rue depuis plusieurs années. Pas d'autres renseignements sur lui, sauf qu'il était connu sous le nom de Max.

— Finir comme ça, la tête dans le caniveau, c'est triste quand même.

— Je vais pondre un petit article, dit Gwendoline, par respect pour l'homme qu'il était, en espérant que quelqu'un se manifeste, des connaissances, ou éventuellement de la famille, s'il en avait encore…

— Tu as une belle âme, Gwen. Merci pour cette compassion.

— C'est gentil, Loïc. Cela me désole vraiment que l'on puisse finir sa vie comme ça et ça me touche. Le pire, c'est qu'il y en aura toujours, et de plus en plus souvent, de ces victimes du système… Ils me rappellent un peu les *dalits,* ces intouchables que j'ai vus en Inde et qui tentent de survivre comme ils peuvent.

Gwendoline cessa de parler un moment, comme pour reprendre ses esprits.

— Et toi, des nouvelles de Malo ?

— Oui et non. Quelques pistes qui ne mènent pas très loin, pour ne pas dire nulle part. J'ai retrouvé la trace de sa mère et de ses grands-parents, tous enterrés au cimetière de Beauvoir. Mais je m'accroche. Tu sais que je suis un pitbull ! Avec tout le bordel que j'ai dans la tête, j'ai parfois quelques fulgurances !

— Oui, je sais que tu ne lâcheras pas l'affaire sans avoir de réponse satisfaisante.

— J'ai trouvé quelques dessins éparpillés dans la région, comme pour laisser une trace de son passage... Il a disparu pour mieux se retrouver, je pense...

— Ces pistes constituent peut-être une sorte de message ?

— Oui... c'est possible... Mais lequel ?

— À toi de le déchiffrer... ou à nous, si tu acceptes mon aide.

— Oui, je te ferai signe si besoin. Merci !

— Avec plaisir, Loïc.

Leurs regards se croisèrent et, dans un sourire complice, ils se comprirent sans se parler.

Chapitre XXIII

Le lendemain, Loïc entra dans le bureau de Gwendoline et lui raconta une histoire qui, il en était sûr, lui mettrait du baume au cœur.

— Hier soir, en sortant du bureau, je suis passé au supermarché. Tu sais, la vieille supérette qui se trouve dans la petite rue, où il reste quelques fleurs de bitume qui ont l'air d'avoir été oubliées. J'ai entendu les dialogues surréalistes de deux adolescentes qui étaient stationnées devant le présentoir où se trouvaient des boîtes de préservatifs.

Gwendoline commençait déjà à rire.

— Attends, le meilleur reste à venir ! Une des deux filles dit à l'autre :

— Tu as vu, il existe même des préservatifs à la vanille !

— Je n'aime pas la vanille ! lui répondit l'autre.

Ce à quoi sa copine rétorqua :

— Tu n'es pas obligée de les bouffer !

Gwendoline et Loïc se mirent à rire de bon cœur à cette histoire et Loïc ne put s'empêcher de surenchérir.

— Tu te rends compte qu'il y a encore beaucoup de travail de prévention à faire concernant l'utilisation du seul rempart efficace contre les M.S.T. !

Gwendoline riait tellement qu'elle faillit en tomber de sa chaise. Loïc sortit du bureau de sa collègue pour rejoindre le sien où il parvint difficilement à retrouver la concentration nécessaire à son travail.

Chapitre XXIV

Dans le cadre du festival international du cirque de Bretagne, un chapiteau venait de s'installer porte Saint-Thomas, à côté du manège de l'esplanade Saint-Vincent. Loïc décida d'y faire un saut un soir, dans la mesure où c'était un « Nouveau Cirque », c'est-à-dire sans animaux. Il pensait que les bêtes sauvages avaient leur place dans la nature, mais certainement pas dans une enceinte où ils passent le plus long de leur temps attachés ou confinés dans une cage. Certains sont même maltraités pour qu'ils obéissent aux ordres de leur dresseur. C'est une vision qui lui était complètement insupportable. Comme sur les réseaux sociaux le sujet prenait de l'ampleur, et que beaucoup de villes refusaient désormais les cirques avec animaux, il pensait que dans un avenir proche il n'y aurait plus d'autres spectacles que ces nouveaux cirques et que l'on pourrait laisser enfin les animaux tranquilles, à leur place dans la nature.

À la première représentation, évoluant sur la piste ronde, trois acrobates d'une compagnie suédoise, également musiciens, exécutèrent une performance alliant puissance et finesse avec beaucoup d'humour. Au bout de ce long spectacle musical et physique époustouflant, l'un des trois hommes portait les deux autres comme des valises. Vu le poids, il fallait une grande force physique pour les soulever de terre et les ramener vers la sortie sous les rires et les applaudissements des spectateurs éblouis.
Il y eut ensuite un moment de grâce avec trois acrobates catalans, un homme et deux femmes, qui exécutaient

leur numéro avec deux roues Cyr, du nom de leur inventeur, Daniel Cyr, qui s'était inspiré du hula-hoop. Grandes roues toriques d'acier ou d'aluminium, d'environ deux mètres de diamètre, où les artistes s'accrochaient et se détachaient en passant dessus, dessous ou à l'intérieur du cercle. À tour de rôle, ils faisaient « valser » la roue en un mouvement de pirouettes ininterrompues et teintées d'humour, évidemment.

La troisième partie de la soirée était réservée à un numéro de contorsionniste extraordinaire. Une jeune canadienne était seule sur la scène dans un halo de lumière. Après une mise en place dans le noir, la lumière révéla l'artiste, recroquevillée pour symboliser la mort d'une tortue. Elle semblait n'avoir ni bras ni jambes tant elle était repliée en un paquet compact. Avec un fond sonore qui rajoutait à la tension de la performance, elle commença à se déplier lentement d'une façon tentaculaire et disproportionnée, presque à contresens des articulations. L'artiste semblait bouger d'une façon naturelle, bien qu'au ralenti, et Loïc en avait mal pour elle au point de grimacer à chaque déploiement d'une de ses tentacules. Elle avait dû commencer très jeune à assouplir ses articulations pour rendre cette performance possible, pensa-t-il. Il était tellement soulagé à la fin du numéro qu'il souffla pour expulser des douleurs et des souffrances qui n'étaient pas vraiment les siennes.

Une fois sorti du chapiteau, où le public continuait à applaudir à tout rompre, il prit une grande respiration d'un air qui lui semblait frais par rapport à la chaleur humaine élevée sous la tente du cirque.

Le cirque s'étant installé pour plusieurs jours, il décida d'inviter sa collègue Gwendoline à la prochaine représentation.
« Je pense que cela devrait lui plaire, pensa-t-il en souriant. Le programme de demain me semble alléchant. J'espère qu'elle sera disponible pour m'accompagner. »

Quand il demanda à Gwen le lendemain si elle était partante pour l'accompagner, elle eut un sourire d'approbation à se mordre les oreilles. Loïc était ravi qu'elle accepte cette invitation le soir venu.
— Quel est le programme ?
— Tu verras bien. Si je te le dis, ce ne sera plus une surprise !
— D'accord. Je vais me laisser surprendre, alors.
— OK. À dix-neuf heures devant le chapiteau.
— J'y serai, tu peux y compter !
— Il faut que je file. À ce soir !
— Bonne journée Loïc !
Un peu pressé, Loïc n'entendit pas les derniers mots de Gwendoline.

Ce soir-là, flanqué de Gwendoline, Loïc trouva des places tout près de la scène, histoire d'en prendre plein les yeux et les oreilles. Gwen passa toute la soirée sans se départir de son immense sourire. Elle était aux anges. Le premier numéro était exécuté par un équilibriste espagnol qui avait construit un chemin de cubes de bois, disposé en équilibre instable, qu'il parcourait sur les mains en une déambulation surréaliste. En chemin, il arrivait que des cubes tombent, l'obligeant à libérer une de ses mains pour replacer les cubes sur les autres et de reconstruire une nouvelle ligne à parcourir. À la fin de ce serpent de cubes, il termina par l'édification d'un escalier, toujours tête à l'envers. Il grimpa au sommet pour terminer par une pirouette et se retrouver debout sous des applaudissements nourris.

Dans un autre numéro, deux femmes et trois hommes, des acrobates suédois, faisaient des mouvements incroyables avec beaucoup d'humour autour d'un mât chinois articulé. Généralement vertical, celui-ci pouvait monter, descendre tout en tournant sur son axe. Les prouesses techniques s'enchainaient à un rythme soutenu. À un moment, deux hommes prirent une des deux femmes par les pieds et les mains pour la balancer. Après plusieurs ondulations, ils la lâchèrent pour la jeter dans les bras du troisième larron. Gwen, qui avait mis les mains sur ses yeux, s'adressa à Loïc :
— Il a réussi à la rattraper ?
— Oui, tout va bien. Elle sourit toujours.
Loïc ne la savait pas aussi émotive et il en fut étonné.

Le troisième spectacle redonna le sourire à Gwendoline qui vissa à nouveau son sourire sur son visage. En effet, le couple de clowns, attirés par leurs différences, se mit à se séduire avec d'innombrables prouesses et de jongleries à base d'objets divers et étranges. Tout à la fois drôle, poétique bien qu'uniquement gestuel, leur langage allait très loin, pour leur permettre finalement de s'apprivoiser. Comme quoi, il n'est pas toujours nécessaire de faire de grandes phrases pour se comprendre.

Ce dernier spectacle les ravit tous les deux. Loïc proposa à Gwen de la raccompagner jusqu'à sa porte, car la nuit était sans lune. Il ne voulait surtout pas la laisser rentrer seule dans cette nuit noire.
— Alors, ça t'a plu ?
— Oui, c'était super ! À part cette petite frayeur incontrôlable quand ils ont balancé la fille ! C'était stupide de ma part.
— Mais non, pas du tout. Tu sais bien que chaque numéro est répété des dizaines de fois…
— Oui, mais un accident peut arriver quand même. Mais bon, cela s'est bien terminé pour la fille cette fois-ci.
— Tu es rassurée, maintenant ?
— Oui, ça va.
Arrivés devant chez Gwen, Loïc s'enhardit à l'embrasser sur les commissures des lèvres. La surprise et l'émoi provoqués par ce petit dérapage, firent un peu reculer Gwen, visiblement embarrassée.
— Euh… Merci pour cette superbe soirée, Loïc ! Et merci de m'avoir raccompagnée.
— Avec plaisir, Gwen… À demain, alors !
— Oui, à demain. Bonne nuit !
— Bonne nuit à toi, Gwen… Excuse-moi…
Gwendoline rentra chez elle sans se retourner. Loïc rentra en se posant beaucoup de questions.

Pour sa dernière soirée sous le chapiteau, Loïc eut droit à un spectacle entre acrobatie et danse, d'une magnifique poésie et exécuté par une troupe belge constituée uniquement de femmes.

L'autre numéro, aussi porté par des femmes, mettait en scène une renaissance figurée sous une forme étrange. Un portique de bois soutenait des cordes enfouies sous un tumulus de terre. Quand le spectacle commença, les cordes furent actionnées pour remonter et dégager un corps humain attaché. Cela donnait vraiment une impression très forte de retour d'outre-tombe. La femme ainsi revenue d'entre les morts, se mit à bouger et à danser pour exprimer la joie du retour à la vie. Loïc fut marqué par ce numéro vraiment impressionnant.

Le dernier, celui d'une école de cirque, remplit Loïc d'une grande joie. Il retrouva sa bonne humeur après le choc de la précédente performance. Les élèves présentèrent leur nouveau spectacle avec toutes les disciplines du cirque apprises par les enfants : funambule sur fil tendu ou souple, trapèze, sangles aériennes ou jongleries, des tout-petits jusqu'aux adolescents. Le cirque est tout de même une belle école de vie, pensa-t-il.

Chapitre XXV

Un jour où Loïc se rendit à la friche industrielle où il avait rencontré Malo, le lieu était complètement désert. Il vit de nouvelles fresques peintes par les amis de Malo, et entreprit de les photographier. En pleine action, il entendit des bruits de pas accompagnés d'un son qu'il trouva étrange. Les pas se rapprochèrent au point qu'il sursauta à la vue d'une femme âgée tenant une canne blanche. Elle s'adressa à lui :
— Au bruit que j'entends, vous faites des photos des peintures, je suppose…
— C'est exact madame, je suis attiré par le street-art et particulièrement par ces fresques peintes par des amis.
— Ah oui, je les connais bien !
— Vous connaissez les jeunes qui les ont peintes ? Vous devez également connaitre Malo, alors ?
— Évidemment ! C'est ici que je l'ai rencontré pour la première fois ! Je le connais bien, il est très gentil. Mais il y a longtemps que je ne l'ai pas croisé ici !
— Vous avez raison. Moi-même, je suis à sa recherche depuis un certain temps.
— Quand on se rencontrait, Malo m'expliquait toujours avec passion les formes et les couleurs qu'il avait peintes. Notamment cette fresque marine avec tous les habitants de la mer qu'il venait de terminer. Pour fêter l'achèvement de la peinture en apposant sa signature d'un *M* runique, il m'avait apporté des fleurs.
— Je reconnais bien là, sa délicatesse !
— En le remerciant, je lui expliquais que s'il offrait des fleurs à une personne non-voyante, elle allait peut-être

reconnaitre des roses en humant leurs effluves, mais il lui faudrait les lui décrire, comme les fresques, pour en révéler toutes les couleurs subtiles.

— Au fait, je ne me suis même pas présenté ! Je m'appelle Loïc Kerivel. Je suis journaliste d'investigation à *Ouest-France*.

— Appelle-moi Madalen, dit-elle. Je pense que tu as bien compris pourquoi je ne lisais pas ton journal…

— Oui, bien sûr, dit Loïc un peu gêné.

— Tu dois être grand, car ta voix me parvient d'en haut. Surtout que je suis petite, et un peu voutée en plus…

— Vous connaissez Malo depuis longtemps ? reprit Loïc.

— Je n'ai pas trop la notion du temps, mais cela fait déjà quelque temps. Et toi, c'est ton ami depuis quand ?

— Quelques mois seulement. Je lui avais promis de partager les gains de la parution des photos que j'avais faites de sa fresque, mais quand je suis revenu pour tenir ma promesse, il n'était plus là. Et depuis, je le cherche…

— J'espère qu'il n'a pas été mêlé à cette sordide histoire de meurtre !

— Non, Madalen, rassurez-vous. Après enquête, il s'est avéré qu'il s'agissait d'un règlement de comptes entre joueurs de poker.

— Merci de me rassurer, Loïc. Et ses amis non plus ?

— Non, Madalen, aucun lien avec l'affaire. Ce sont des doux rêveurs, pas des assassins.

— Oui, et ils sont sympathiques, ses amis. Surtout Claire, qui aime particulièrement bien Malo…

— Vous l'avez senti, vous aussi ? Je me suis engagé à faire mon maximum pour le retrouver… et j'espère bien pouvoir honorer cette promesse.

— Tu as déjà quelques pistes ? Je veux dire des pistes sérieuses, hein !

— Oui, bien sûr ! J'ai quelques traces de son passage dans différents endroits de Bretagne, mais j'ai l'impression qu'à chaque fois, il a un coup d'avance ! Il m'a devancé de quelques jours ou quelques semaines tout au plus.

— Si tu le retrouves, demande-lui de passer me voir avant que je ne sois plus de ce monde. J'aimerais tant le revoir et l'entendre une dernière fois avant de partir définitivement ! Je suis un peu comme lui, tu sais… Loïc eut une expression étonnée. Il ne voyait pas où elle voulait en venir.

— Que voulez-vous dire, Madalen ?

— Seule… et orpheline depuis toute jeune. Mais bon, c'était la guerre, et beaucoup d'enfants se sont retrouvés dans la même situation que moi, dans un centre de la Croix-Rouge française. Sans famille, difficile de se reconstruire, de bien grandir, éventuellement de faire des études et de rencontrer l'âme sœur avec qui tout recommencer… J'ai tout de même été très heureuse dans ma nouvelle famille d'adoption. Mais j'aimerais croiser encore une fois Malo, avant de retrouver ceux à qui j'ai dû ma nouvelle vie…

Loïc n'osa pas demander plus de détails à Madalen, tant ses dernières phrases étaient remplies d'émotion. Il se dit qu'elle avait dû beaucoup souffrir quand même.

— J'habite dans la maison bleue au bout du chemin, reprit Madalen, l'émotion passée. Si tu as des nouvelles, surtout de bonnes nouvelles, passe me voir à l'heure du thé. Je peux compter sur toi Loïc ?

— Oui, Madalen, c'est promis ! Je passerai chez vous dès que j'aurai du nouveau.
— Tu es un bon garçon, dit-elle en passant ses mains sur son visage après lui avoir demandé de se baisser un peu. La douceur de ta voix m'indique beaucoup de gentillesse, de compassion et de sagesse.
— C'est gentil Madalen ! Mais pour la sagesse, il faudra attendre plusieurs années encore avant que j'en ressente les premiers effets !
— En plus, tu as de l'humour ! Tu as quelqu'un dans ta vie ?
Loïc était gêné par cette question insidieuse et balbutia une réponse assez évasive.
— Non, pas vraiment…
— Tu veux dire que tu en es encore à espérer ?
— Disons que c'est quelqu'un que j'envisage !
— Ne l'envisage pas trop longtemps : fonce ! Sinon elle risque de t'échapper ! Tu y tiens vraiment ?
— Oui, je crois…
— Alors fais-lui comprendre qu'elle t'intéresse, sinon tu risques de passer à côté d'une belle histoire !
— D'accord, je pense que je vais suivre vos conseils avisés.
— Ne pense pas trop, vas-y !
Loïc ne put s'empêcher de sourire à la réaction de Madalen. Elle reprit la route de sa maison en saluant Loïc.
— À bientôt, garnement !
— À très bientôt Madalen ! Et encore merci pour tous vos précieux conseils.
Madalen leva sa canne blanche vers le ciel en guise de salutations et s'évapora au bout du chemin.

Chapitre XXVI

Un matin, Gwendoline entra dans le bureau de Loïc pour lui parler.

— Salut Loïc, ça va aujourd'hui ?

— Salut Gwen, ça roule. J'ai un peu de mal avec cet article sur l'inauguration de la nouvelle salle polyvalente, mais bon… J'imagine que si tu déboules dans mon bureau aussi énergiquement, c'est que tu as dû avancer dans tes recherches. Alors, quoi de neuf ?

— Tu as raison ! Je suis en train de travailler à un papier concernant les sectes implantées dans la région, que je pense titrer *Les Dérives sectaires en Bretagne : un risque réel ?* ».

— C'est super, ça te fera sortir de la rubrique des chiens écrasés, lui dit Loïc en souriant.

— Oui, c'est surtout qu'Énora est en congé de maternité. Je la remplace, en quelque sorte, mais c'est surtout pour me tester que le rédacteur en chef m'a confié ce boulot.

— OK. Le sujet t'inspire, Gwen ?

— Oui, j'ai bien avancé. À tel point que je me demandais si Malo n'aurait pas été victime d'une secte, pour disparaitre ainsi d'un jour à l'autre.

— Je ne le connais pas assez bien, mais je le vois mal suivre un gourou qui l'aurait appâté en lui racontant des inepties.

— Si tu es d'accord, je vais quand même te faire un résumé de l'avancée de mes recherches dans ce domaine. J'ai également eu des renseignements par Tamara, mon amie capitaine de police, qui s'inquiète aussi de l'essor de ces sectes dans la région.

— Je t'écoute… religieusement, Gwen, dit Loïc en souriant.

— C'est un sujet sérieux et suffisamment préoccupant pour s'y intéresser de plus près.

Loïc n'osa rien ajouter et s'adossa à son fauteuil en position relax pour écouter sérieusement sa collègue.

— Donc voilà ! Parmi les sectes implantées dans la région, il y a les Témoins de Jéhovah, le mouvement Raëlien et surtout l'Église de Scientologie. Les Témoins de Jéhovah d'abord. C'est une des plus importantes avec plus de 250 000 fidèles recensés en France. C'est aussi l'une des plus dangereuses : pourquoi ? Parce qu'entre autres, elle refuse la transmission sanguine, ce qui peut entrainer la mort des personnes. Sans parler des attentats à la pudeur sur des enfants voire carrément des viols. Évidemment, abus de confiance sur internet et des enfants subissant une maltraitance psychologique. En plus, ils attendent la troisième guerre mondiale et universelle qu'ils appellent l'Armageddon. C'est l'ultime combat entre le bien et les forces du mal auquel ils sont censés survivre. Pas mal, non ?

— Oui, dit Loïc. Ils sont graves dans leur délire quand même !

— Le mouvement Raëlien n'est pas mal non plus : écoute plutôt. Il a été fondé par un français qui s'est rebaptisé Raël, ce qui signifie « messager », et qui est d'origine germanique. Là où le bonhomme est fort, c'est qu'il a fait croire à ses adeptes qu'il a rencontré les extraterrestres qui lui ont présenté Jésus, Bouddha, Moïse et Mahomet.

— Rien que ça, s'exclama Loïc ! Comment des gens peuvent-ils se faire avoir et croire à de telles stupidités ?

— Il est balaise, hein ? Sa doctrine est basée sur la science et le clonage, pour permettre aux hommes d'avoir la vie éternelle. Il faut, bien sûr, que les membres versent d'importantes sommes d'argent pour y accéder et, cerise sur le gâteau, les femmes de la communauté sont dévouées à Raël corps et âme. Il s'est constitué un petit harem, quoi. Malgré sa dissolution, le mouvement est toujours actif et continue à œuvrer en toute illégalité.

Loïc se prit la tête dans les mains, tellement il n'en pouvait plus.

— Attends Loïc, je t'ai gardé la meilleure pour la fin : l'Église de Scientologie ! Sous le prétexte d'un développement personnel accompagné d'un test de personnalité complètement truqué, ils vous font croire que vous êtes une personne élue, supérieure aux autres. Pour évoluer dans la démarche de recherche de soi, il faut évidemment suivre des cours et des stages à des prix exorbitants. Certaines victimes de cette secte ont perdu leur travail et toutes leurs économies, tout en se coupant complètement de leur famille. La secte utilise bien sûr le lavage de cerveau et la pression psychologique pour escroquer ses fidèles. Ils jouent également sur le fait qu'elle compte parmi ses membres de grands acteurs de cinéma américains. Et ça marche ! Elle considère également que l'homosexualité est une perversion et une maladie. C'est une des sectes les plus dangereuses et des plus controversées, et il y a plusieurs procès en cours en France.

Loïc essaya d'accuser le coup en se redressant sur son siège.

— J'ai du mal à croire que Malo ait pu se faire embrigader par l'une ou l'autre de ces sectes… En plus, il est complètement fauché !
— Il te semblait fragile psychologiquement ?
— Mais pas du tout ! Il était à l'opposé d'une quelconque fragilité ! Il était toujours de bonne humeur et affichait un sourire permanent, d'après ses amis graffeurs. Toujours prêt à refaire le monde autour de crêpes et d'une bolée de cidre. Jamais il ne serait tombé dans un piège aussi grossier. Pas un instant, il n'aurait cru à toutes ces sornettes ! Il n'y a que des personnes dans une mauvaise passe, fragilisées par la vie. La secte sait repérer cette faille et s'y engouffre. Et quand le doute s'installe, elles sont prêtes à suivre la première personne qui abonde dans leur sens, sans se rendre compte qu'elles sont complètement manipulées. Quand elles se rendent compte des dégâts, il est souvent trop tard. Une fois à l'intérieur de la secte, il est très difficile d'en sortir.
— Il a sans doute été entraîné par une autre personne… Gaëlle, peut-être ?
— Je ne pense pas. Je l'ai rencontrée une seule fois mais elle ne m'avait pas l'air illuminée ! De toute façon, je n'ai aucun moyen de la retrouver. De toutes les personnes qui ont croisé Malo, aucune ne m'a fait part d'une attitude bizarre chez lui. Non !!! Il doit y avoir une autre explication !
— À nous deux, on va bien finir par le retrouver ! lui lança Gwendoline.
— Oui, répondit Loïc, on va y arriver. Tu as l'air d'avoir vraiment envie de m'aider, Gwen !

— Bien sûr ! Cela semble tellement important pour toi, et la conviction que tu as d'y arriver me touche beaucoup.
Leurs regards restèrent accrochés un moment avant que Gwendoline ne retourne dans son bureau pour étoffer son dossier sur les sectes.
— Elle est vraiment sympa ma collègue préférée, se dit Loïc.
Il eut un petit sourire de satisfaction avant de se pencher sur son ordinateur et de poursuivre son article.

Chapitre XXVII

Le lendemain matin, lorsque Loïc arriva au journal, il aperçut le bureau de Gwendoline vide.
— Tiens, se dit-il, ce n'est pourtant pas son habitude. Elle aurait prévenu si elle était sortie ou avait pris une journée de congé.
Loïc posa la question à d'autres collègues mais personne n'était au courant.
— Si elle n'est pas là demain, je l'appelle.
Il laissa tout de même un message sur son portable, qui resta sans réponse.

Le jour suivant, le bureau de Gwen étant toujours désert, Loïc décida de l'appeler de nouveau sur son portable et tomba sur la boîte vocale. « Bon… c'est Loïc. Je t'ai laissé un message hier déjà. Merci de me rappeler dès que tu pourras, je commence à m'inquiéter de ton absence. »

Quelques heures plus tard, Gwendoline le rappela :
— Loïc ? C'est Gwen !
— Ah enfin, je commençais vraiment à angoisser. Deux jours sans nouvelles !
— C'est gentil de t'inquiéter, mais ça va !
— Mais… où es-tu ?
— Je suis au centre hospitalier de Saint-Malo, mais ça va mieux !
— Que t'est-il arrivé, Gwen !
— Rien de grave, un accident stupide ! Un chauffard a oublié que la priorité est à droite en France ! Et la portière de la voiture est un peu cabossée.

— Mais toi, tu n'as rien ?
— Non, juste quelques contusions et une perte de connaissance due au choc assez brutal. Tu connais les médecins, ils ont souhaité me garder pour faire des examens complémentaires et s'assurer qu'il n'y ait pas de complications. Si je n'ai pas prévenu plus tôt, c'est parce que j'étais un peu dans les choux-fleurs (version bretonne).
— Quelle histoire ! Enfin tu t'en sors bien. Si je peux, je vais essayer de passer te voir dans l'après-midi. D'accord ?
— Oui, cela me ferait plaisir !
— Je t'apporterai quelques chocolats !
— Cela me fera encore plus plaisir !
— OK, à tout à l'heure !
— À toute !

Loïc décida de passer voir Gwen, même si le temps lui manquait et passa chez son chocolatier préféré. En entrant dans la chambre de Gwen, il eut la surprise de voir qu'elle n'était pas seule. Gwen vit entrer Loïc avec un grand sourire.
— C'est gentil de venir me voir... Tu vois, j'ai survécu !
— Heureusement, oui ! Même si tu es un peu amochée !
Une jeune femme était à son chevet et lui tenait la main, Gwen la présenta à Loïc.
— Je te présente Tamara !
Loïc sourit en lui tendant la main pour la saluer.
— Bonjour Tamara. Enchanté !
— Bonjour Loïc. Je suis ravie de vous rencontrer !
— Tamara est la capitaine de police que j'ai rencontrée

dans mon enquête sur le meurtre du joueur de poker dans la friche industrielle, ajouta Gwen.
— Ah oui, je m'en souviens…
Tamara, jeune femme à la longue tignasse d'ébène creusée par deux yeux bleus de Husky, avait un sourire désarmant. Elle reprit la main de Gwen dans la sienne.
— Elle me donne également des tuyaux sur d'autres affaires sur lesquelles elle travaille, comme les sectes, par exemple. On est devenues très proches, tu comprends ? J'ai essayé de te le dire…
— Oui… Désolé, c'est moi qui aurais dû comprendre !
Loïc lui tendit la boîte de chocolat.
— Chose promise… Vous la partagerez, hein ? Tu sors quand ?
— Si tout va bien, demain !
— C'est super ! Soigne-toi bien, et au plaisir de te revoir demain en pleine forme !
— Je vais faire mon maximum pour ça, car mon enquête sur les sectes a pris pas mal de retard.
— Mais ce n'est pas de ta faute. Ta santé est plus importante que ton enquête. En plus, je trouve que tu parles beaucoup, donc c'est que la forme revient.
En se tournant vers Tamara, Loïc lui fit cette remarque.
— Le seul moyen de faire taire une femme, c'est de l'embrasser.
Loïc embrassa Gwen, et en hésitant, il fit aussi la bise à Tamara avant de sortir de la chambre.
— Il est très sympa, ton collègue, dit Tamara.
— Oui, il est adorable… et très tolérant. Il respecte les gens, même s'ils ont des préférences différentes des siennes. C'est vraiment une perle rare !

Chapitre XXVIII

Une belle journée ensoleillée encouragea Loïc à se rendre au salon des Vins et de la Gastronomie qui se déroulait tous les ans sur les quais du port de Saint-Malo. Il s'arrêta au stand des célèbres Sœurs Confiture, comme on les appelait. Personne ne se rappelait jamais leurs véritables noms. Ces jumelles étaient deux rousses à la peau laiteuse et constellée, dotées de formes généreuses. Elles portaient toutes deux le même tablier décoré de fleurs et de fruits des quatre saisons. Le seul moyen de les différencier était leur coiffure : l'une arborait des couettes tandis que l'autre avait les cheveux liés en une tresse sans fin qu'elle portait par-dessus l'épaule afin qu'elle repose sur son opulente poitrine. Elles proposaient de magnifiques confitures, ainsi que des pâtes de fruits, uniquement réalisées à partir de productions locales et de fruits de saison, selon leurs dires. Leur étal était abondamment garni de pots et de sachets de pâte de fruits. Parmi leurs produits, on pouvait trouver les confitures classiques de framboise, pomme ou fruits rouges, mais aussi de plus originales à base de fleurs, de pétales de roses, de fleurs de pissenlit, d'acacia aux amandes ou de lilas. Pour les pâtes de fruits, on pouvait trouver coings, cassis, framboises ou pommes, aussi appétissantes les unes que les autres. Elles aimaient aussi bien plaisanter, surtout avec les enfants. Elles leur racontaient qu'elles fabriquaient aussi des confitures de lacets, de grenouilles et de boutons. Les yeux des enfants s'agrandissaient quand elles en parlaient. Leurs rires leur firent rapidement compren-

dre que c'était « pour de faux ». Et si une petite fille leur demandait tout de même de la confiture de grenouilles, elles répondaient qu'il n'y en avait plus ! Tout était déjà vendu !
Loïc, qui n'était pas en reste pour l'humour, les provoqua un peu.
— Vous n'avez vraiment plus de confiture de grenouilles ?
Les deux sœurs se regardèrent et toisèrent Loïc par-dessus leurs lunettes rondes cerclées de métal fin et doré. Et Loïc ne put s'empêcher d'éclater de rire.
— C'est vous qui avez commencé ! leur lança-t-il. Pourquoi me regardez-vous par-dessus vos lunettes ?
— Pour ne pas user les verres, répondirent-elles en chœur.
Le rire communicatif de Loïc fit s'esclaffer les jumelles rouquines. Après avoir fait son choix, il les salua alors qu'elles en riaient encore.

Chapitre XXIX

Le petit matin brumeux le faisait penser à la forêt de Brocéliande où il allait parfois se promener. Il l'avait baptisée la forêt des Brumes, en pensant à Diane Fossey qui aurait très bien pu y voir ses gorilles sortir du voile diaphane pour la saluer.
Sous les bruyères, les genêts et les fougères, l'humidité composait le charme d'un paysage irréel, d'où émergeaient des arbres centenaires, dont les branches semblables à d'immenses tentacules auraient pu le prendre et le perdre à jamais. Ces souvenirs lui étaient agréables, malgré le petit frisson qu'ils occasionnaient, à chaque fois que le brouillard s'invitait à l'aube.

Loïc n'avait peur de rien. Il adorait aussi se retrouver à la pointe du Raz, pour y voir la mer déchaînée des grandes marées d'équinoxe faire éclater ses rouleaux dans des explosions d'écume sur les rochers déchiquetés. Une vieille dame, assise sur un banc hors d'âge, lui avait raconté une légende qui voulait qu'autrefois, les jours de grosses tempêtes, on entende les cris des naufragés des bateaux drossés sur les rochers par des pirates. Ils leur faisaient croire à la présence d'un phare en accrochant des lanternes aux cornes des vaches avant de les dépouiller de tous leurs biens. Dans l'impossibilité d'une inhumation à terre, la *proëlla* remplaçait la cérémonie funèbre. La proëlla, ce sont de petites croix en cire remises à la famille pour symboliser la disparition d'un marin et les aider à faire leur deuil à l'issue d'une veillée mortuaire où elles sont posées sur une table ornée de chandeliers, d'une coupe d'eau bénite et d'une petite branche de buis. La proëlla est à la fois la croix, symbole du disparu, et le nom de la cérémonie. Les cris lugubres que l'on pouvait entendre certains jours provenaient des marins qui erraient éternellement au-dessus de l'océan pour ne pas avoir eu cette célébration. On attendait que la mer rende le corps du disparu, et si ce n'était pas le cas, le cérémonial de la proëlla légalisait le décès du disparu et l'épouse prenait alors officiellement le statut de veuve.

Loïc aimait bien les légendes mais n'était pas croyant. Il pensait que certaines personnes affichaient trop facilement le nom de Dieu quand ils n'avaient pas d'autres explications ou qu'ils ne comprenaient pas un phénomène, comme le vent par exemple. Ayant beaucoup voyagé, Loïc respectait toutes les religions et toutes les croyances, même celles qui lui semblaient les plus bizarres. Très tolérant, il pensait que chacun avait le droit de croire au dieu qu'il avait choisi et de suivre ses préceptes, mêmes s'ils émanaient d'un livre de plus de deux mille ans. Sa pensée profonde était « vivre et laisser vivre ». Il disait souvent en souriant qu'à l'au-delà il préférait l'eau d'ici. Il ne se posait pas de questions existentielles et trouvait inutile de se prendre la tête avec des questions auxquelles il n'aurait jamais de réponses.

Chapitre XXX

Lors de ses pérégrinations dans Saint-Malo intra-muros, Loïc fit une rencontre étonnante. Celle d'un enfant étrange que tenait par la main son accompagnatrice. Loïc s'arrêta net quand il vit cet enfant marcher de façon désordonnée et émettre quelques sons incompréhensibles pour d'autres humains dits « normaux ». L'auxiliaire de vie, surprise de l'intérêt de Loïc pour son petit protégé, lui expliqua qu'il était effectivement autiste T.E.D. (pour troubles envahissants du développement), qu'il avait marché très tard et n'émettait que quelques mots audibles et d'autres incompréhensibles, sauf pour lui. Il est enfermé dans une prison mentale, un monde étrange derrière une porte dont nous n'avons pas la clé. Mais le sourire sur son visage nous éclaire de sa lumière intérieure.
— Il est tout de même très gentil, il veut faire des bisous à tout le monde, et peut-être à vous aussi, dit-elle.
Loïc se trouva un peu décontenancé par cette proposition, mais s'avança tout de même prudemment pour embrasser le jeune garçon.
— En face de ces gens « différents », c'est nous qui sommes un peu handicapés, dit Loïc. Nous ne savons pas très bien comment nous comporter face à ces situations. La peur, l'appréhension et l'hésitation sans doute font que l'approche semble difficile, mais en fin de compte pas impossible.
— Il est très sociable, dit l'auxiliaire de vie en continuant sa route, c'est très agréable.

Loïc se demanda si cette scène était réelle. Il se pinça pour en être sûr. La douleur lui fit comprendre que ce n'était pas qu'un rêve. Il avait bien embrassé un ange, un ange différent, mais un ange quand même.

Chapitre XXXI

Un matin où Gwendoline arrivait à la bourre, elle alla directement voir Loïc alors en train de trier des dossiers.
— Salut Loïc, j'ai bien reçu ton message. Tu voulais me voir ?
— Oui ! Salut Gwen.
En jetant un coup d'œil sur le bureau de Loïc, elle comprit tout de suite que quelque chose se préparait.
— Tu t'en vas ?
— Oui ! Le rédacteur en chef a reçu beaucoup de courrier et de mails à propos de mon article sur les graffitis de Malo. Il a donc décidé de m'envoyer quelques jours à Berlin, où il y a beaucoup de peintures murales. J'aurai peut-être une page complète, ou même deux ! Tu te rends compte ? J'espère rencontrer quelques artistes locaux pour parler de leur travail. J'avais aussi proposé Valparaiso, mais il n'a pas voulu... Je n'ai pas compris pourquoi..., dit-il en riant.
— OK, super ! Et... ?
— Oui, j'aurais un petit service à te demander.
— Bien sûr, vas-y !
— Pourrais-tu faire un crochet par Lanester quand tu iras à Lorient demain. Plus précisément au cimetière à bateaux de Kerhervy, dans l'anse du Blavet. Il y a un panneau indicatif en français et en breton ; tu ne peux pas te tromper.
— Je comprends ! C'est pour voir s'il n'y aurait pas, par le plus grand des hasards, un graff signé du *M* runique de Malo, je pense...

— On s'est bien compris, Gwen ! Merci pour ta collaboration active.
— Avec plaisir, Loïc. Et tu me raconteras ton périple à Berlin alors ?
— Oui, bien sûr, tu peux y compter.
Gwendoline se mit à son bureau pour préparer son déplacement à Lorient où elle devait faire un compte-rendu pour son journal. Un crime particulièrement atroce y avait eu lieu : un viol en réunion, suivi de tortures ayant entraîné le décès d'une jeune fille de quinze ans à peine. Ces faits étant très rares dans la région et justifiaient le déplacement de Gwendoline sur les lieux. Elle était ravie d'aller sur le terrain pour se confronter aux dures réalités de ces violences inhabituelles.

Tout en se réjouissant de son voyage à Berlin, Loïc était déçu de ne pouvoir aller au Festival photo de La Gacilly où il se rendait tous les ans, ou presque. À défaut, il se plaisait à se remémorer les belles photos admirées l'année précédente sur le thème de l'Afrique.
Les expositions étaient réparties dans plusieurs galeries et autres endroits de la commune, jusque dans les rues même. Dès l'entrée, on tombait sur d'immenses panneaux aux photos colorées. Des portraits de femmes noires aux visages peints en bleu, jaune ou rouge, maquillées de pointillés blancs qui suivaient les lignes de leur visage, et parfois, leur partageaient la tête en deux parties. Elles trônaient sur les supports surdimensionnés et créaient d'emblée une grande claque visuelle colorée, tant les dimensions et les couleurs faisaient s'écarquiller les yeux sous le choc. Les façades de la Mai-

son de la photographie étaient entièrement couvertes de photos représentant la faune africaine, si proche des villes symbolisant le danger pour l'homme et l'animal. Avec ce format gigantesque, on avait vraiment l'impression d'être en pleine savane. Un peu plus loin dans une rue bordée de fleurs, un cliché des « mains » d'un chimpanzé interpela Loïc. La ressemblance avec les nôtres était flagrante. On pouvait aussi y voir beaucoup de félins : panthère noire, tigre et lion blancs en cadrage serré. Le portrait d'un tigre en train de s'ébrouer était particulièrement impressionnant dans ce grand format d'une belle composition. On pouvait distinguer toutes les gouttes d'eau et les filets de bave de l'animal à contrejour. La série sur les nuits de Kinshasa des années 50 et 70 était très forte, en noir et blanc. Les tirages avec des noirs profonds leur donnaient encore plus de puissance. On pouvait découvrir des danseurs, des musiciens et des spectateurs visiblement ravis de leur soirée. Une exposition montrait quelques photos en couleur des rois de la *sape* à Brazzaville. La sape est une tradition africaine, généralement d'hommes, qui défilent dans leurs plus beaux atours, juste pour s'afficher : on les appelle les « sapeurs ». Ils paradent ainsi dans les villes ou villages, provoquant l'admiration des gens qui les applaudissent et élisent le plus beau. Bien sûr, on retrouvait aussi les inévitables reportages sur les marchés et leurs figures locales. On pouvait ainsi voir un coiffeur ambulant passant entre des étals de poissons et que les gens interpelaient pour se faire couper les cheveux. Ou un boucher posant derrière d'énormes têtes de porc de manière impressionnante. Et bien sûr, toute une magnifique galerie de personnages, d'enfants, de vieillards et de musiciens...

Dans une cour ouverte étaient accrochées des photos de mariage, avec les reportages en studio des invités très élégants. Vu l'effort vestimentaire fourni à cette occasion, les portraits étaient les plus marquants et originaux, dans une explosion de couleurs. Il y avait aussi ce cliché étonnant d'un homme transportant une pile de huit matelas sur la tête, ce qui fit sourire Loïc.

Une sculpture de crocodile réalisée à partir de pneus de voiture fit s'arrêter Loïc un bon moment. La reproduction était si réaliste qu'il en eut une appréhension en l'apercevant.

Un beau reportage sur les voleurs de pétrole : leurs silhouettes luisantes, couvertes du produit brut et noir qui enduisait leurs corps, donnaient des images très fortes. Loïc avait une tendresse particulière pour la petite série en noir et blanc d'un garçon luttant pour monter sur un vélo beaucoup trop grand pour lui. Sur la première image, il se grattait la tête en se demandant comment faire, empoignait le cadre du vélo sur la seconde et se retrouvait debout sur le pédalier sur la troisième avec un petit sourire de contentement. Comme quoi, quand on persévère...

L'expo présentait aussi des photos contemporaines, comme l'installation d'une chambre meublée recouverte de mousse carbonique rose, ou une œuvre représentant un geyser de matière synthétique transparente soulevant les lames d'un parquet, ressemblant dès lors à un petit volcan boisé.

L'Afrique a tout de même un énorme potentiel, quel que soit le domaine, pensa Loïc.

Chapitre XXXII

Loïc atterrit à l'aéroport Willy-Brand de Berlin Brandebourg par un beau samedi ensoleillé. Il était tout excité à l'idée d'entamer son reportage sur les artistes graffeurs de cette ville magnifique. Ses bagages récupérés, il prit un taxi pour se rendre à son hôtel situé près de l'*Alexanderplatz*, passage central et obligé des Berlinois qui s'y croisent chaque jour par centaines de milliers.
Il avait pour mission de rédiger un reportage complet sur les graffitis dont la ville foisonne, incluant également les visites sur les sites les plus intéressants pour un article parallèle qui serait publié plus tard… Faire d'une pierre deux coups, quoi !
Arrivé dans sa chambre, il s'écroula comme une masse sur son lit en pensant à sa mission berlinoise qui lui prendrait quand même plusieurs jours. Après une bonne nuit réparatrice, il se rasa rapidement avant de se glisser sous le jet d'une douche qui acheva de le réveiller. Une fois un solide petit-déjeuner avalé, il se dirigea à vélo de location vers la brocante du *Mauerpark*, qui n'avait lieu que le dimanche matin. Près du stade, couvert de graffitis, il entama son reportage photographique. Les graffitis, essentiellement des mots et des lettres peintes, ne l'inspiraient pas trop, mais pourraient toujours servir ultérieurement. En redescendant vers la brocante, il put s'apercevoir qu'il avait vraiment l'embarras du choix : vieilles enseignes, collection de protections de selles de vélo bariolées en tricot, chaussettes fantaisie, antiques caisses de vin en bois, plaques de numéros de maisons avec des caractères chinois,

meubles, boîtes, lunettes de soleil pour frimeurs boutonneux et quelques œuvres d'artistes un peu perdues dans tout ce joyeux capharnaüm coloré. En chinant un peu, il réussit à dégoter une vieille boîte de bobines de films du Théâtre National, qu'il eut quelque mal à négocier. Il utilisait ses doigts pour se faire comprendre : il ne parlait pas l'allemand et le vendeur ne comprenait pas l'anglais. Mais il était content tout de même et cette trouvaille lui rendit le sourire pour le reste de la journée.

Le lendemain, il décida de se rendre au mémorial du mur de Berlin, où l'ambiance était un peu plus sérieuse, voire austère et même lourde par moments. De nombreuses photos anciennes, dans d'immenses formats en noir et blanc, étaient suspendues en nombre. Des images des quartiers avec le Mur, construit en 1961. Elles étaient exposées, ainsi que quelques photos de victimes d'évasions célèbres, sur tout le parcours. En traversant la rue, on avait accès à la plateforme d'observation d'où l'on pouvait voir une partie du mur dans son jus de l'époque, avec son couloir de la mort (le no man's land) et ses miradors. Malgré les décennies entre la construction de la destruction, Loïc ressentit une immense tristesse devant ce témoignage de l'Histoire. Une douleur dans la poitrine, signe d'une compassion certaine pour les gens qui avaient vécu et subi le mur de la honte, le fit grimacer.
Il se remit de ses émotions pour se rendre à l'ancien cimetière juif non loin de là, détruit par la Gestapo en 1943, où se trouvait une réplique de la tombe de Moses

Mendelssohn, philosophe des Lumières et grand-père du célèbre compositeur Felix Mendelssohn. Il photographia uniquement cette tombe, le reste de l'espace étant assez vide, à part quelques stèles et des arbres de grande taille. Devant l'entrée du cimetière, Loïc s'arrêta devant une sculpture en bronze d'un groupe d'adultes et d'enfants cadavériques dont les silhouettes rappelaient le sort qui leur avait été destiné pendant la guerre.

Il se dirigea ensuite vers les *Hackesche Höfe* pour se changer les idées. Ces cours restaurées autour des cafés, théâtres et cinémas, offrirent à Loïc une nouvelle occasion de photographier des graffs dont la diversité et la multitude le surprirent. On ne pouvait pas y voir une parcelle de mur vierge de peinture. Même les boîtes aux lettres avaient toutes leurs traces colorées de pinceaux ou de bombes. Il photographia un maximum de dessins ainsi qu'un immense portrait d'Anne Franck sur le mur en face d'un portrait de Pierre Étaix avec un nez rouge de clown. Il décida de s'installer à une table pour commander un café et prolonger le plaisir de se trouver dans ce lieu magique.

Le lendemain, il décida de s'attaquer au *Teufelsberg*, la montagne du diable, une colline artificielle qui servait de station d'écoute aux Américains, et qu'il avait trouvée sur internet. Abandonné depuis longtemps, l'endroit sert de support aux artistes de street-art avec des œuvres particulièrement réussies, de véritables compositions picturales. Loïc se régala en photographiant ces œuvres, dont certaines atteignaient le sublime. De la

terrasse entièrement peinte où se trouvaient les globes qui abritaient autrefois les stations d'écoute et des palettes comme garde-fou, la vue s'étendait très loin sur Berlin et ses environs. Ce fut un moment d'une intensité rare pour Loïc qui fit une grande moisson de photos.
Après toutes ces émotions, il décida de rentrer en passant par le *Tiergarten*, immense parc et poumon vert de la ville. Il évita de traverser le célèbre zoo car il n'aimait pas les animaux en cage et pensait qu'ils étaient plus à leur place dans la nature que dans des enclos. Arrivé devant le musée de la Photographie, il souhaita voir le travail du photographe de mode d'origine berlinoise Helmut Newton, célèbre pour ses ambiances particulières. Il entra dans le musée pour prendre un billet et l'hôtesse d'accueil lui annonça que l'exposition n'était pas visible pour cause de rénovation de certaines salles, mais le serait à nouveau dans deux semaines. « Je reviendrai dans quinze jours alors », répondit Loïc, sachant très bien qu'il ne serait plus à Berlin à ce moment-là.
Il déambula en toute quiétude dans ce parc du *Tiergarten* d'où émanaient calme et sérénité. Il traversa les allées de l'immense jardin verdoyant bordé d'arbres et de haies de rhododendrons en fleurs, de sculptures d'hommes célèbres et d'une multitude de plans d'eau, ainsi qu'une expo contemporaine d'immenses roches sculptées, nommée *Global Stone Project*.

Il consacra la journée du lendemain à l'*East Side Gallery*, portion du mur de Berlin de plus d'un kilomètre, décorée de fresques des deux côtés. Il s'intéressa aux œuvres célèbres, comme le baiser de Brejnev et de Honecker, malgré la longue attente due à un groupe de touristes japonais qui prenaient leur temps en se photographiant mutuellement devant le tableau. Certaines fresques sont des cris puissants, même s'ils sont sourds, comme ces empreintes de mains couvrant tout un pan du mur. Des gens connus, y sont figurés, comme Schiller, Gœthe ou Einstein, mais aussi des stars françaises comme Yves Montand, Jean Reno ou Juliette Binoche. Les stars américaines ne sont pas en reste avec Marilyn Monroe, Aretha Franklin ou Ray Charles. À côté d'œuvres sophistiquées, on peut y voir des graffs plus sommaires et beaucoup d'inscriptions qui défigurent les œuvres. Des peintures politiques, bien sûr, mais aussi érotiques, parfois. Encore une fois, Loïc se régala en fixant dans son appareil tous les graffs qui ornaient cette longue galerie à ciel ouvert. Il admira entre autres un beau portrait du physicien nucléaire soviétique d'origine russe, Andreï Sakharov. À un moment, Loïc prit conscience de se trouver à l'endroit où le célèbre violoncelliste Rostropovitch jouait de son instrument dans un concert improvisé, le jour de la chute du mur. Ce moment intense lui procura une grande émotion. Les dessins au verso du mur étaient un peu plus primaires et sauvages, mais Loïc entreprit de les photographier tout de même. Puis, trop éreinté pour continuer, il rentra à son hôtel, mais avec des étincelles colorées dans les yeux.

Le jour d'après commençait sous le soleil. Il décida, malgré ce temps magnifique, de visiter les principaux monuments de la ville, en commençant par la tour de télé-

vision. Cette immense flèche sertie d'une boule tournante que l'on aperçoit de très loin, inspira Loïc qui décida d'y monter. Après une ascension par un ascenseur très rapide, la vue était magnifique : on dominait toute la ville et il fit des photos dans toutes les directions avant de redescendre rapidement car sujet au vertige.
La visite de la cathédrale était moins risquée, car beaucoup moins haute. L'imposant bâtiment était tout de même impressionnant depuis l'allée qui menait à son grand portail. L'intérieur avait la taille d'une immense salle où l'on donnait souvent des concerts de musique classique. Loïc monta jusqu'à la base des immenses clochers pour y faire des photos avec des statues et des dômes verdâtres en guise de premier plan, avec la rivière Spree serpentant dans toute la ville comme un long ruban de vie liquide.
Il se dirigea ensuite vers le palais du *Reischstag*, non loin de là. Encore un bâtiment démesuré coiffé d'un dôme de verre. Il abrite le *Bundestag*, le parlement allemand. Ayant eu assez de frayeurs jusque-là, Loïc décida de ne pas monter dans le dôme transparent où l'on voyait les gens monter doucement par des escaliers en colimaçon. Il alla jusqu'à la porte de Brandebourg, qui marquait autrefois la limite entre secteurs américain et soviétique, et devenue depuis le symbole de la ville. Elle sépare le *Tiergarten* de l'avenue *Unter den Linden*, les Champs-Élysées de Berlin. Le quadrige de la déesse de la Victoire à son sommet, tiré par quatre chevaux, détruit et reconstruit, regarde toujours vers l'est. En prenant une petite rue transversale, Loïc, plein d'espoir, aperçut un

graff représentant une jeune femme avec les mains dans les poches mais pas signé : dommage !
Il continua son exploration vers le mémorial de l'Holocauste, composé de stèles en forme de sarcophages de béton ; il s'engagea dans un passage étroit afin d'y ressentir l'angoisse des gens passés par les camps de si sinistre réputation. Il ressortit à l'emplacement du bunker d'Hitler, aujourd'hui comblé et servant de parking. On n'y trouve qu'un simple panneau d'information avec les schémas du vaste bâtiment. Les photos suffisaient à rappeler les sinistres évènements qui eurent eu lieu à la fin de la bataille de Berlin et le suicide du dictateur dans ce lieu, avec sa femme Éva Braun qu'il avait épousée la veille.

Son dernier jour à Berlin consista à flâner dans les rues et à visiter différents musées. Les magnifiques collections du Musée de Pergame et son impressionnante porte d'Ishtar, et surtout le Nouveau Musée où le buste de Néfertiti lui laissa un souvenir impérissable.
En entrant dans le cimetière juif de la *Schönhauser Allee* où l'on vous demande de porter une kippa à l'entrée, Loïc fut transporté dans un autre monde. Toutes ces stèles plus ou moins droites émergeaient de la végétation de lierre qui composait un tapis de verdure envahissant. Les grands arbres, eux aussi, étaient assaillis par le lierre grimpant formant un fourreau naturel autour du tronc. Quelques allées plus larges, avec des caveaux plus imposants envahis eux aussi par la plante rampante, lui rappelèrent un plan d'un film de François Truffaut (dont il avait oublié le titre) où l'ambiance de

cimetière lui avait énormément plu. Il se remémora avec émotion cette scène mémorable.

Il passa ensuite par la *Kollwitzplatz* pour admirer la statue de Käthe Kollwitz, qui avait donné son nom à cette petite place. Elle fut peut-être la plus grande femme artiste allemande du XXe siècle, créatrice de sculptures et de lithographies saisissantes sur la condition humaine. Son travail, influencé par la misère des ghettos ouvriers de Berlin, est d'une très grande force picturale.

Pour rentrer à l'hôtel, Loïc devait retraverser l'*Alexanderplatz*, l'Alex, comme l'appellent les Berlinois. Il s'y attarda un peu en observant les gens qui déambulaient ou qui restaient assis au bord de la fontaine. L'endroit est très fréquenté et point de rendez-vous pour beaucoup de gens ; c'est est un peu « leur » centre-ville, où se croisent également plusieurs lignes de tramway.

Au bout d'un moment, il se dirigea doucement vers l'hôtel. Après avoir classé ses photos et relu ses textes, il ferma sa valise pour prendre le vol retour vers la France.

Comme il s'y attendait, il n'y avait aucune trace du passage de Malo à Berlin.

« Je m'en doutais un peu, dit Loïc, mais bon j'ai un beau reportage complet sur une ville magnifique. C'est mon rédacteur en chef qui va être content... Enfin j'espère ! »

Dans l'avion du retour, il eut une pensée pour Gwendoline, espérant qu'elle ait eu plus de chance que lui et qu'elle ait trouvé quelques graffs signés Malo à Lorient.

Chapitre XXXIII

De retour au bureau, Loïc embrassa Gwendoline.
— Alors ? Ça s'est bien passé à Lorient ? Raconte !
— Si l'on peut dire. Ce qui s'est passé est tout de même très grave. Je n'ai pas pu accéder à la scène de crime, bien sûr, pour ne pas la souiller. Mais bon, les jeunes criminels ont été arrêtés les uns après les autres. Des gamins entre quatorze et vingt ans, dont certains de bonne famille, tous ivres au moment des faits, bien sûr. Tu te rends compte de la bêtise de ces jeunes ? Ils vont faire des années de prison par stupidité, sauf pour les mineurs qui vont se retrouver en centre éducatif fermé. À force de regarder des films pornos sur internet, ça leur donne des idées ! Parce qu'ils sont persuadés que ce qu'ils voient dans ses films, c'est le reflet de la vraie vie ! Ils n'ont plus aucune limite, surtout quand ils sont alcoolisés ou ont pris d'autres produits plus puissants, l'effet de groupe faisant le reste. En plus, ils trouvent ça *fun* de reproduire ce qu'ils ont vu dans ces films et se prennent pour des hommes. Tu te rends compte du niveau de ces gamins ? Dans leurs dépositions, ils ont bien entendu prétendu que la fille était consentante : tu connais une femme qui accepte volontairement de se faire violer par plusieurs garçons ? Ça n'existe que dans leurs pauvres têtes creuses, pleines de fantasmes.
— Tu m'as l'air bien remontée, dis donc !
— Que veux-tu, je n'arrive pas à comprendre ce que ces adolescents ont dans la tête !
— Rien, tu viens de le dire ! Et surtout pas de cerveau ! Ça les obligerait à réfléchir et ils risqueraient la commotion cérébrale.

Loïc attendit quelques instants pour que Gwendoline se pose sur une chaise et se calme un peu.

— Tu as quand même eu le temps de passer au cimetière de bateaux de Kerhervy ?

— Oui, j'y ai passé un bon moment, mais aucune trace de Malo. Je suis désolée.

— Mais non, ce n'est pas de ta faute ! Maintenant au moins, on sait qu'il n'est pas passé là-bas.

— Et toi, à Berlin ?

— Oui, très bien. J'ai vu beaucoup de belles choses, et d'autres plus difficiles. Je vais te montrer quelques photos, car il faut que je peaufine encore mon texte et sélectionne quelques images avant de les proposer au rédacteur en chef.

Loïc fit assoir Gwen à côté de lui pour lui montrer quelques photos. Au fur et à mesure que les photos défilaient, avec les commentaires de Loïc, Gwendoline écarquillait les yeux et poussait de petits cris d'indignation ou d'admiration. Elle appréciait depuis longtemps le talent de son collège, et en tant qu'artiste, les photos des graffitis du mur de Berlin la ravirent.

Chapitre XXXIV

Quand Loïc pouvait profiter d'un moment d'accalmie, il en profitait pour réfléchir à la mystérieuse disparition de Malo.
« Et s'il était tout simplement tombé sous le charme d'un beau sourire et l'avait suivi ?
D'autres avant lui ont fait des choses incroyables par amour. Tout abandonner et partir... loin ! Beaucoup en rêvent, mais peu franchissent le pas. Comme Malo n'avait plus aucune attache, il a très bien pu prendre ce genre de décision définitive. Raison de plus, s'il a effectivement fait une nouvelle rencontre, pour se réfugier corps et âme dans la lumière de cet amour naissant, une nouvelle aventure ! »
D'après ses amis graffeurs, que Loïc voyait de temps en temps, Malo était du genre à tomber amoureux rapidement et à foncer tête baissée dans une histoire qui se terminait souvent par un échec douloureux. Par contre, il n'avait malheureusement pas ressenti les sentiments sincères que Claire lui portait ; cela aurait pu déboucher sur une belle et vraie histoire qui aurait eu la couleur de l'amour.
Pour l'instant, ce n'étaient que des hypothèses. Des idées qui pourraient s'avérer complètement fausses, vu les mauvais tours que la vie nous joue parfois. Malo, artiste hypersensible, se faisait du mal à chaque rencontre éphémère. Il était trop jeune et trop libre pour penser à fonder une famille, quels que fussent les sentiments qu'il éprouvait pour sa compagne du moment. Quand il avait rencontré Énora, ses amis pensaient vraiment

qu'elle était la bonne personne pour lui. Malheureusement, au bout d'un an à peine, la belle danseuse avait fait la connaissance d'un homme riche et était partie faire sa vie avec lui. Entre écouter son cœur et la raison, elle avait choisi la facilité et la vie confortable. Malo, complètement fauché, ne pouvait lutter contre une femme qui plaçait l'amour au niveau du compte en banque. C'est souvent un mauvais choix avant de se retrouver dans une prison dorée. Après un certain temps, elle s'était rendu compte qu'elle n'était pas vraiment heureuse, bien qu'elle ait eu « tout ce qu'elle voulait ». Prisonnière d'un mauvais choix, elle avait pris le risque de finir sa vie dans la misère affective, malgré le luxe dans lequel elle baignait. Quand on a choisi, il faut assumer, quelles qu'en soient les conséquences... Elle avait bien conscience d'être malheureuse mais ne parvint jamais à sortir de sa cage.

Pour Loïc, les rencontres ressemblaient beaucoup à des voiliers de passage au port, pour libérer l'anneau et hisser les voiles sans prévenir quelque temps plus tard. Les relations amoureuses sont devenues beaucoup plus compliquées aujourd'hui, pour diverses raisons d'ailleurs...

Chapitre XXXV

Par un beau dimanche ensoleillé, Loïc se rendit aux abords du bassin Vauban où devait se dérouler la reconstitution d'une bataille navale. À bord du *Revenant*, belle réplique du trois-mâts de quatre cents tonneaux et armé de vingt canons, un comédien endossait le rôle de Robert Surcouf, le corsaire le plus célèbre de Saint-Malo. En face, battant pavillon pirate, le *Lady Blue*, commandé par la capitaine Lucy Flowers, surnommée Lucifer, de sinistre réputation car cette femme pirate à la longue crinière rousse ne faisait jamais de prisonniers.

À une autre époque, dans une véritable bataille, il y aurait eu des éclats de fer et de bois pulvérisés répandus dans tous les sens, blessant ou tuant de nombreux hommes dans un vacarme assourdissant. De copieux coups de canon ayant accéléré le naufrage du vaisseau ennemi, les vainqueurs auraient pu repêcher les marins tombés à la mer et les garder prisonniers avant de les vendre comme esclaves.

La foule commençait à s'agglutiner sur la chaussée Éric Tabarly pour assister au spectacle, qui s'annonçait épique. Au début, les deux navires tous canons sortis, s'envoyaient des salves de poudre enflammée très bruyantes dans un grand nuage de fumée. On entendait les comédiens crier des ordres aux équipages qui s'exécutaient rapidement. Entre les coups et les cris, la scène était apocalyptique. Après d'innombrables échanges de tirs, l'ordre était donné pour l'abordage.

Le *Lady Blue* s'approcha encore du *Revenant* de Surcouf, et arrivé à bonne distance, on entendit Lucy Flowers crier *À l'abordage !* Les hommes d'équipage lancèrent une multitude de grappins pour se rapprocher le plus possible de l'autre vaisseau. Une fois à bonne portée, les pirates se balancèrent à la corde du grappin pour attaquer les hommes de Surcouf. La bataille faisait rage entre les coups de canons, de pistolets et les tintements des lames qui se croisaient, accompagnée des cris perçants des hommes touchés qui feignaient de mourir dans d'atroces souffrances. Tout le spectacle était impressionnant de véracité jusqu'au dernier moment où, après un rude combat à l'épée, Surcouf enfonça sa lame dans les entrailles de Lucy Flowers, ce qui mit fin à la bataille par la reddition de tous les pirates.
Des applaudissements nourris accueillirent le triomphe du héros corsaire de la ville. Les morts se relevèrent pour saluer le public qui en redemandait. La bataille était gagnée.

En fendant la foule pour rentrer chez lui, Loïc tomba nez à nez avec Gwendoline et Tamara qu'il s'empressa d'embrasser.
— Salut les filles ! Alors, ça vous a plu ?
— C'était vraiment super, répondirent-elles en chœur.
— Et encore, là c'était un spectacle mis en scène et chorégraphié ! Imaginez dans une vraie bataille, il y aurait eu des voiles déchirées, des mâts brisés, des coques trouées par les boulets de canon qui faisaient souvent couler les bateaux… et où les morts ne se relevaient pas à la fin.

— Les corsaires avaient beaucoup à faire pour arraisonner les navires anglais ou les bateaux pirates, dit Gwendoline.
— Oui, mais tous ces navires pris à l'ennemi ont enrichi la ville et une bonne partie des Côtes-d'Armor.
— J'aurai bien aimé vivre à cette époque, ajouta Tamara.
— Ah oui ? dit Loïc. Comme pirate ou comme corsaire ?
— Comme corsaire, évidemment !
Cette réponse, quoiqu'un peu attendue, provoqua un rire partagé entre les trois amis. Après quelques bises, ils se séparèrent en gardant le sourire aux lèvres.

Chapitre XXXVI

Un matin où Loïc allumait son ordinateur de bureau, il découvrit un message étrange :
Bonjour, je sais que vous êtes à la recherche de votre ami Malo Malouin et je pense pouvoir vous aider à le retrouver. Cassandra.
— Gwen, tu peux venir un instant ?
— Oui, j'arrive !
Loïc fit lire le message à sa collègue qui resta dubitative.
— Ce nom, Cassandra, ça te dit quelque chose ? demanda Loïc.
— Absolument rien, Loïc. Désolé. C'est peut-être une personne en mal de reconnaissance ou à la recherche de sensations fortes. Ou alors elle connait effectivement Malo et peut vraiment t'aider.
— Je pense que ça vaut le coup d'essayer, non ? Je vais lui répondre et lui proposer un rendez-vous, et je saurai rapidement si elle dit vrai ou si elle affabule.
— C'est une bonne solution ! Bonne chance !
— Je vais lui proposer une rencontre place du Pilori, histoire de conjurer le sort.
Gwen rejoignit son bureau en riant.
— Excellent ! dit-elle.
Loïc rédigea le message en réponse à la proposition de Cassandra :
Bonjour, merci pour votre aide qui sera la bienvenue. Je vous propose de nous retrouver demain sur une terrasse vers 15 h place du Pilori, à côté de la cathédrale Saint-Vincent. J'aurai un exemplaire de Ouest-France *avec moi*

comme signe de reconnaissance. Cela vous convient-il ?
Merci pour votre réponse. Loïc Kerivel.
Quelques heures plus tard, il reçut la réponse laconique de Cassandra : *OK pour demain 15 h.*
Loïc était partagé entre l'excitation de cette rencontre afin d'avoir de nouvelles pistes pour retrouver son ami et l'appréhension d'avoir affaire à une mythomane.

Le lendemain, peut avant quinze heures, Loïc prit place à la table d'une terrasse, son journal bien en évidence. Quand il aperçut une grande femme rousse se diriger dans sa direction, il sut d'emblée que c'était Cassandra, sans pouvoir expliquer pourquoi. Effectivement, elle s'avança vers Loïc qui se leva pour la saluer.
— Loïc, je suppose ?
— Oui. Bonjour Cassandra. Je vous en prie, prenez place.
— Merci, vous êtes bien aimable.
— Puis-je vous proposer une boisson ?
— Volontiers. Je vais prendre un citron pressé.
Loïc fit signe à une serveuse qui se dirigea vers eux pour prendre la commande.
— Bonjour, messieurs-dames ! Que puis-je vous servir ?
— Un citron pressé et un café, s'il vous plait.
— Je vous apporte ça tout de suite, répondit la serveuse en tournant les talons.
Quand Cassandra prit place en face de lui, Loïc sentit une chaleur l'envahir des pieds à la tête. Il était impressionné par ses yeux d'un vert émeraude intense et une chevelure de feu aux mèches libres qui frémissaient sous la brise. Il était complètement sous le charme de cette ravissante inconnue. Après un bref silence où le

temps sembla s'arrêter, Loïc entama la conversation avec la mystérieuse Cassandra autour des consommations qui venaient d'arriver sur la table. Ils remercièrent la serveuse qui leur répondit avec un grand sourire.

— Pourriez-vous m'expliquer votre lien avec Malo, et comment vous avez su que j'étais à sa recherche ?

— C'est assez simple, en fait. J'ai rencontré Malo au festival musical *La Route du Rock* cet été, au fort Saint-Père. Il était *roadie* bénévole sur le festival pour installer les amplis et l'éclairage sur la scène. Moi, également bénévole, j'étais au bar. Comme le dernier été était particulièrement chaud, il venait souvent se désaltérer au bar durant la semaine que durait le festival. On a tout de suite accroché. À force de se voir tous les jours, on a rapidement sympathisé et il m'a souvent parlé de ses dessins qu'il semait un peu partout en Bretagne. Ainsi que de son groupe d'amis graffeurs sur la friche industrielle de Saint-Malo qu'il m'a présenté un jour. C'est en allant les voir pour avoir de ses nouvelles que Claire m'a parlé de lui et d'un certain Loïc, qui comme moi, le recherchait. Comme elle m'avait précisé que vous étiez journaliste à *Ouest-France*, je me suis permis de vous contacter par mail. Même si je ne confonds pas le désir avec l'amour, j'ai été surprise du départ précipité de Malo, sans aucune explication, après une relation courte mais intense. Ses amis m'ont informée qu'ils étaient sans nouvelles depuis pas mal de temps. Vous aviez couvert le festival pour votre journal ?

— Non, malheureusement. Je l'aurais sans doute retrouvé à cette occasion, mais c'est un collègue qui a effectué ce reportage.

— Dommage ! Vous l'avez raté de peu !
— Eh oui ! Et je m'en veux terriblement, maintenant que je le sais.
Cassandra vit son air dépité et essaya de lui rendre espoir.
— Vous pouvez compter sur moi pour vous aider, Loïc. Même si notre histoire avec Malo est terminée, j'aimerais quand même bien avoir de ses nouvelles.
— C'est gentil, Cassandra, vous êtes adorable… Mais je ne voudrais pas trop prendre sur votre temps !
— Non, ne vous inquiétez pas, je suis kinésithérapeute en libéral, ce qui me permet de gérer mon temps comme je l'entends. Vos pistes n'ont pas abouti ?
— Non, j'ai trouvé des graffs signés Malo un peu partout en Bretagne, mais aucune piste sérieuse qui m'aurait permis de remonter jusqu'à lui. J'ai rencontré plusieurs personnes qui m'ont aidé comme elles pouvaient, mais sans aboutir à des pistes concrètes. Entre autres, j'ai croisé la route d'une sorcière qui m'a affirmé que Malo était vivant et qu'il se trouvait en Bretagne.
— Vous croyez aux prédictions d'une sorcière, Loïc ?
— Plus ou moins, mais cela m'a donné du baume au cœur, tant elle a mis de conviction en me disant cela.
— Peut-être que moi aussi, j'en suis une ! dit Cassandra en souriant.
— Je ne crois pas, non. Vous seriez plutôt une fée, qui de plus, veut m'aider à retrouver Malo.
— Je ne suis pas une fée non plus, même si certains patients me nomment ainsi. Je réponds que j'ai simplement des mains magiques, pleines de doigts. Rien de plus !

— Vous avez un cabinet à Saint-Malo ?
— Oui, près de la mairie.
— C'est incroyable que nous ne nous soyons jamais croisés !
— Oui, en effet ! Mais c'est chose faite désormais.
— Content de travailler avec vous, Cassandra.
— Moi aussi, je suis ravie. Comme on doit avoir à peu près le même âge, on pourrait peut-être se tutoyer, non ?
— Si vous voulez... Euh, si tu veux.
Cassandra sourit à cette petite hésitation, complètement sous le charme de Loïc.
— Bon, il faut que je file. J'ai un rendez-vous à dix-sept heures et je n'ai pas vu le temps passer.
— Moi non plus, Cassandra. Je vais rentrer aussi. Et je suis ravi de t'avoir rencontrée.
— Moi aussi, Loïc.
Loïc régla les consommations. Il se firent la bise en se séparant, mais leurs regards intenses étaient la promesse d'une nouvelle rencontre agréable à plus ou moins brève échéance.

Chapitre XXXVII

Par un samedi matin ensoleillé, Loïc se rendit au marché intra-muros où il avait ses habitudes. Il avait décidé de se faire un menu plaisir pour le week-end. Comme il adorait la cuisine indienne, il acheta un petit morceau de gingembre, quelques pommes de terre, une aubergine, quelques courgettes, des haricots verts et des tomates. Pour le lait de coco, il passerait plus tard à la supérette qui avait un beau rayon de produits exotiques ainsi que de la coriandre fraîche. Il acheta tous ces ingrédients pour se concocter un plat végétarien de légumes façon Kerala. Quelques fruits pour le dessert, et il s'en retourna chez lui. À sa grande surprise, il aperçut Cassandra devant l'étal du poissonnier. Il s'approcha doucement derrière elle.
— Menu poissons, aujourd'hui ?
Cassandra fut surprise de le voir au marché et l'interpela.
— Oui, j'adore le poisson, et on est sûr qu'il est frais tous les jours !
Et toi, qu'est-ce que tu mijotes avec tous ces légumes ?
— Je vais réaliser une recette indienne et végétarienne pour changer un peu... Si le cœur t'en dit, tu es bien sûr la bienvenue chez moi demain.
— Pourquoi pas ! Excellente idée ! Voici ma carte professionnelle. J'habite au-dessus de mon cabinet.
Après l'échange des numéros de portable, ils se séparèrent en se souhaitant mutuellement un bon appétit. Loïc se réjouissait de voir Cassandra et espérait que sa cuisine indienne serait à son goût... Et pour qu'elle revienne, bien sûr.

Cassandra, comme à son habitude, fut ponctuelle. Quand Loïc entendit retentir la sonnerie, il se mit à trembler comme un collégien à son premier rendez-vous galant. Il appuya sur le bouton qui ouvrait la porte, et courut à la salle de bains vérifier s'il était présentable et s'il ne rougissait pas trop. Il accueillit Cassandra qui se présenta avec un joli bouquet des roses jaunes.
— Bonjour Cassandra ! Bienvenue chez moi !
— Bonjour Loïc, tu vas bien ?
— Oui, ça va. Merci pour le bouquet, je ne m'y attendais pas.
— Aucune femme ne t'a jamais offert de fleurs ?
— Ben non, tu es la première.
— Tu as de mauvaises fréquentations, dit-elle en riant.
— Sans doute, répondit-il un peu embarrassé.
Loïc prit les fleurs et la veste de Cassandra avant de la prier de prendre place à table.
— Je peux te proposer un petit apéritif ?
— Non merci, je ne bois pas souvent d'alcool. Je ne tiens pas la route.
— Pas de problèmes ! Moi non plus, d'ailleurs !
Loïc prit place en face de Cassandra pour entamer la conversation.
— Tu as de nouvelles infos concernant Malo ? demanda-t-elle.
— Non, rien de neuf à l'horizon... Et toi ?
— Non plus... Je commence vraiment à m'inquiéter... Mais bon, après tout, si c'est son choix, il faut le respecter. Il n'a peut-être pas envie qu'on le retrouve !
— C'est bien possible, mais ça me rassurerait quand même de le savoir vivant et en bonne santé. Les dessins

que j'ai trouvés jusqu'ici en sont la preuve, mais comme ils ne sont pas datés, difficile de dire s'ils ont été faits il y a deux semaines ou deux mois.

— Ses dessins sont quand même des signes de vie, ajouta-t-elle.

— Oui, mais il nous échappe toujours, comme l'eau qui glisse entre les doigts. Et Gwen n'a pas d'infos non plus.

— Gwen ?

— Oui, Gwendoline, ma collègue de la rubrique des faits divers qui m'aide un peu...

— Ah... Collègue ou... un peu plus ?

— Uniquement collègue, rassure-toi.

Cassandra eut un petit sourire qui trahissait ses intentions. Loïc apporta le plat sur une assiette, et laissa gouter Cassandra.

— Alors, ma cuisine indienne ?

— Excellente ! Très bonne table ! Je pense même revenir.

— Quand tu veux, ma table est toujours ouverte !

— Avec grand plaisir. Mais je risque de m'en faire une habitude !

— Aucun souci, tu seras toujours la bienvenue.

Leurs regards se croisèrent au-dessus des légumes fumants. Leurs sourires leur faisaient plisser les yeux qui brillaient.

— Au fait, dit Loïc, un correspondant du journal, que j'ai mis dans la confidence, m'a signalé que de nouveaux graffs sont apparus sur la tour Solidor à Saint-Servan. Je vais y aller lundi matin, car je pense que la municipalité ne va pas les laisser longtemps en place. Ça te dirait de m'accompagner ? Si tu as le temps évidemment.

— Oui, bien sûr ! Avec grand plaisir. Le lundi est une journée calme en général, et je pourrai être disponible.
— Super !
L'intensité de leurs regards se faisait plus pénétrante, Loïc, après lui avoir parlé de sa vie et de ses nombreux échecs, demanda à Cassandra de parler un peu de la sienne, si elle le voulait bien.
— Je viens d'une famille où tout le monde travaille dans le corps médical ; mon père est cardiologue et ma mère, avec sa chevelure de jais, est médecin anesthésiste. Ils travaillent beaucoup, trop sans doute. Toujours épuisés le soir en rentrant. Ils ont toujours travaillé dans le même hôpital public, le centre hospitalier de Saint-Malo, où ils se sont rencontrés. Je suis fille unique et j'ai eu une enfance heureuse, malgré des parents souvent absents. Travailler en hôpital public est difficile, et de plus en plus actuellement. Surtout depuis que quelques politiques ont pris la décision irresponsable de vouloir rentabiliser l'hôpital. Quand elle rentrait le soir, elle était tellement épuisée, qu'elle en oubliait de préparer le repas parfois, et se couchait sans manger. Heureusement, mon père cuisinait bien, et je dinais souvent seule avec lui car il ne voulait pas la réveiller. Mais nous avons connu des moments heureux tous les trois. Ils ont quand même fini par divorcer, et je me suis retrouvée seule avec ma mère. Depuis que je suis indépendante, j'ai fait quelques belles rencontres, comme Malo qui fuyait toujours quelqu'un ou quelque chose. Mais jamais de véritable histoire d'amour qui dépasse quelques semaines ou mois éphémères. J'aimerais construire quelque chose avec quelqu'un en qui je puisse avoir entièrement confiance à long terme.

Après ce moment de grâce où Loïc écoutait attentivement Cassandra, il décida de parler de sa démarche personnelle.

— Moi aussi, j'aimerais bien rencontrer une belle personne afin d'essayer de construire une vie à deux… ou plus, si affinités.

Cassandra ne le laissa pas continuer… Elle se leva d'un coup pour se planter devant la fenêtre d'où on voyait la mer. Loïc se plaça à ses côtés.

— Tu as une belle vue, d'ici.

— C'est l'avantage d'habiter au troisième étage !

Cassandra se retourna vers Loïc et le fixa longuement avant de s'approcher de lui pour lui manger les lèvres.

— Je suis bien avec toi, Loïc, et j'aimerais que cela dure.

— Moi aussi, je te sens bien. Si tu veux, on peut essayer…

À ce moment-là, le portable de Cassandra sonna.

— Désolé Loïc, j'ai oublié de l'éteindre. Je vais faire court, promis.

Cassandra décrocha et répondit doucement, un peu désemparée. Loïc s'éloigna pour ne pas entendre la conversation.

— Je suis désolé, vraiment. C'est une patiente âgée en détresse, qui me demande de passer chez elle la soulager d'une douleur très vive. Je ne peux pas refuser, tu comprends…

— Je comprends très bien, ne t'inquiète pas, vas-y. Ne la fais pas attendre, elle doit être impatiente de te voir.

— Merci Loïc. On se voit lundi, alors.

— Oui, je passerai te prendre vers dix heures si cela te convient.

— Parfait, à lundi.

Cassandra arrêta le temps quelques secondes avec un tendre baiser et fila.

Lundi matin, quand Loïc s'arrêta à la hauteur du cabinet de Cassandra, il avait à peine sonné qu'elle était déjà devant lui à l'entourer de ses bras de pieuvre pour l'embrasser à pleine bouche. En chemin pour aller récupérer la voiture de Loïc, il lui demanda :
— Alors, ta patiente va mieux ?
— Oui, j'ai réussi à la soulager et elle m'a remerciée mille fois.
Une fois dans la voiture, ils prirent la direction de Saint-Servan. Arrivés à bon port, ils se dirigèrent main dans la main vers la tour Solidor. Ils scrutèrent la partie accessible du bas de la tour, pour essayer de trouver la signature de Malo. Après de longues et minutieuses recherches, aucun *M* runique n'était visible sur ces graffitis. Ils étaient dépités et un peu découragés. À peine leurs investigations terminées, une voiture de la municipalité arriva, avec à son bord l'équipe de nettoyage.
— Tu vois, ça n'a pas duré longtemps. Ils sont rapides pour des fonctionnaires !
Cette dernière phrase fit rire Cassandra.
— De toute façon, on a eu le temps de tout voir, dit-elle. Donc tout va bien.
— Oui, sauf qu'il n'y a pas la signature de Malo.
Après une petite promenade sur le port, Loïc s'adressa à Cassandra.
— J'ai réservé une table sur la terrasse du Bulot, qu'en penses-tu ?
— Je pense que je suis partante, dit-elle avec un large sourire.

Après un excellent repas de fruits de mer, ils s'engagèrent sur le chemin du retour. La voiture garée, ils se dirigèrent vers l'appartement de Loïc. À peine passé la porte, Loïc alla se perdre dans les yeux de Cassandra. Leurs bouches aimantées se collaient et leurs mains s'enhardissaient sous les vêtements de l'autre. Presque entièrement dévêtu, Loïc entraina Cassandra vers sa chambre où ils basculèrent sur le lit pour prolonger l'étreinte jusqu'à la délivrance. Ils se retrouvèrent pantelants et haletants côte à côte et leurs regards se croisèrent. Loïc était fasciné par sa peau d'albâtre étoilée de taches de rousseur et par ses petites collines opalines dont les bourgeons étaient dressés vers le ciel.
— Cela commence à ressembler à de l'amour, non ? dit-il.
— Furieusement ! J'espère que c'est le début d'une belle histoire.
— Et surtout une longue histoire !
Ils s'embrassèrent encore et encore et se caressèrent longuement avant de recouvrer leurs esprits. Quand Cassandra se rhabilla pour rentrer, elle n'en dit pas plus, sans doute encore un peu sonnée par l'explosion et pour apprécier pleinement la magie du moment.
— À bientôt, mon Loïc.
— À très bientôt, mon cœur.
Ils se séparèrent sur ces mots accompagnés de grands sourires de satisfaction qui venaient clore ce moment fort qui ressemblait effectivement à un bonheur naissant.

Chapitre XXXVIII

Loïc se posait beaucoup de questions sur ce feu d'artifice qui venait de survenir. Comme il avait déjà eu plusieurs déconvenues, terminées dans des larmes de sang tant la douleur était intense, il n'avait pas envie que cette histoire soit une parenthèse, mais une belle histoire d'amour, comme un apaisement qui le ferait sortir du royaume de la solitude.
Peut-on aimer plusieurs fois ?
Les sentiments éprouvés envers une personne peuvent être très forts. On peut aimer différemment d'autres personnes que celle que l'on a cru être la femme de sa vie, qui finalement n'a fait que la traverser intensément, mais brièvement. On peut tout recommencer sur un regard et tomber amoureux avec le même enthousiasme. Aimer autrement, mieux sans doute, l'expérience en plus. De nouvelles amours peuvent être différentes, car elles montent en puissance et en intensité avec le temps.
Peut-on, avec des lambeaux de vie, en recréer une nouvelle ?
Une vision optimiste voudrait que oui. Même s'il se sentait encore un peu vulnérable, il avait envie de tout faire pour que l'histoire avec Cassandra perdure. Si on y croit suffisamment fort, une nouvelle vie est toujours possible. Quelle qu'en soit la durée, tout bonheur est toujours bon à prendre. Vivre l'instant intensément, comme si c'était le dernier. Respirer la vie à pleins poumons et humer chaque nuage de bonheur entièrement. Le plaisir d'amours nouvelles procure un bien-être sans limites, et on en redemande…

Chapitre XXXIX

Gwen entra dans le bureau de Loïc comme une furie.
— Que t'arrive-t-il, Gwen tu es excitée comme une puce !
— Il y a de quoi ! Tu as entendu parler de cette nouvelle profanation, au carré israélite du cimetière Miséricorde de Nantes ?
— Non, tu me l'apprends.
— Des croix gammées et des signes nazis sur les stèles, dont certaines sont renversées ou brisées. Un cimetière quasiment oublié, mais apparemment pas de tout le monde. Comment en sommes-nous arrivés là ? Les personnes qui perpétuent ces gestes imbéciles n'ont pas retenu les leçons de l'Histoire avec un grand H. Le courant d'air qu'ils ont entre les oreilles leur assure une vacuité permanente. Trop réfléchir peut amener à une forte céphalée, doivent-ils penser...
— Mais pour réfléchir, il faudrait déjà qu'ils soient équipés pour cela. Je crains qu'aucune lumière n'éclaire leurs ténèbres. Si on allait déjeuner pour en parler calmement, suggéra Loïc.
— Si tu veux, mais j'ai peur que cet évènement m'ait un peu coupé l'appétit, répondit Gwen. Déjà hier, cette histoire incroyable d'un homme qui a été contrôlé avec cinq grammes d'alcool dans le sang : tu te rends compte ! Il va falloir que je prenne un peu de vacances, là ça commence à faire beaucoup !
Effectivement, une fois au restaurant et la commande passée, chacun se mit à trifouiller dans son assiette sans grande conviction.

— Il faut se révolter, s'indigner, lança Loïc. Mais avec des mots. La violence ne ferait que mettre de l'huile sur le feu inutilement.

— Comment faire comprendre à des écervelés l'horreur de la Shoah ? continua Gwen toujours très remontée. Cela devrait être enseigné à l'école aux plus jeunes pour éviter ce genre de dérives. L'enseignement devrait permettre à tous les enfants en âge de comprendre comment ne pas nourrir la bête noire du racisme et de l'antisémitisme. Aller vers un esprit d'ouverture, aller vers l'autre quelles que soient ses origines, sa religion où la couleur de sa peau. Nous sommes tous faits pareils à l'intérieur. Le sang a la même couleur chez tous les humains. Après, on apprend à vivre avec les autres, à les connaitre et on peut rire de nos différences, les comparer et les analyser sans tomber dans des idées aussi extrêmes.

— Ces agitateurs lobotomisés ne sont qu'une poignée, dit Loïc. Mais ils peuvent, avec leurs idées nauséabondes, secouer et faire douter d'autres personnes, qui risquent de rejoindre leurs rangs. Ils trouveront toujours un prétexte pour insulter, parce qu'ils jugent sans essayer de comprendre des gens qui ne pensent pas comme eux et en profitent pour tout saccager et mettre des personnes en danger.

Chapitre XXXX

Un nouvel espoir pour Loïc de retrouver Malo était le concours de graffitis organisé tous les ans sur la place du Bosne à Rennes. Cette compétition se déroule avec la crème des graffeurs de la région. Une entreprise prépare des éléments de construction modulaire afin de leur permettre de s'exprimer sans contraintes, avec du matériel mis à leur disposition. Loïc était persuadé d'y retrouver son ami, lui aussi considéré comme un meilleurs graffeurs locaux. Il appela Cassandra qui accepta volontiers de l'accompagner à cette manifestation rennaise.
Sur le trajet, Cassandra se montra inquiète.
— Tu penses que Malo sera présent ?
— Je l'espère ! Il ne devrait pas pouvoir résister à l'occasion de démontrer son talent lors d'une manifestation aussi importante dans la région. D'autant que Claire, Samira et Erwan m'ont informé être présents aujourd'hui.
— Ça me ferait plaisir de les revoir tous les quatre réunis.
— Moi aussi, j'aimerais les retrouver ensemble. Et j'ai toujours une dette envers Malo, que j'aimerais bien honorer.
Une fois sur place, ils allèrent au plus près des artistes et retrouvèrent, avec plaisir et embrassades, les trois amis de Malo.
— Vous avez vu Malo ? lança Loïc.
— Non, répondirent-ils en chœur en secouant la tête. Aucune trace.

— Je propose que l'on se sépare pour couvrir toute la place et qu'on se retrouve à la fin autour d'un verre, pour voir si quelqu'un a eu la chance de l'apercevoir.
Les trois amis approuvèrent le plan de Loïc et se dispersèrent rapidement.
Le concours commença dans un ballet de bombes où les nuages colorés s'appliquaient sur les supports, et où les volutes polychromes s'envolaient et se mélangeaient joyeusement. Des mouvements rapides et d'autres plus précis se mélangeaient dans un tourbillon de nuances. La musique accompagnait le festival et les artistes, dont quelques-uns suivaient le rythme endiablé de leurs gestes. D'autres avaient leur propre monde musical dans les écouteurs et se concentraient sur leur travail. Après plusieurs heures de spectacle sous les remarques et les encouragements, les artistes signèrent leur œuvre pour signaler la fin de leur réalisation bariolée. Les œuvres furent jugées à l'applaudimètre par la foule en délire, qui attribua le prix du public à une fresque particulièrement réussie inspirée par la nature. Malheureusement, pas de Malo en vue. Ses trois amis ne l'avaient pas aperçu non plus. Ils avaient tous le regard triste. Claire laissa échapper une petite larme qui traça un sillon brillant sur sa joue.
— Encore un coup d'épée dans l'eau, fit Cassandra.
— Oui, mais je pense qu'il faut tout de même espoir garder, il ne peut pas nous échapper éternellement.
— Tu as raison Loïc, dit Samira. Gardons l'espoir malgré tout. Toujours !
Après avoir pris un verre ensemble dans une ambiance morose, les amis se séparèrent en se promettant de se retrouver à la friche industrielle de Saint-Malo.

Le retour en voiture fut silencieux pour Cassandra et Loïc. Quelques regards et très peu de paroles échangées malgré quelques sourires, qui démontraient que l'espoir ne serait jamais vaincu. Ils avaient tous les deux une belle nature optimiste qui les aidait à avancer sereinement dans la vie.

Chapitre XXXXI

En retournant à la friche industrielle où l'amitié avec Malo était née, Loïc s'aperçut qu'une nouvelle fresque avait été peinte. En s'approchant, il se reconnut sous les traits d'une tortue qui courait après un lièvre qui ressemblait furieusement à Malo. Quand il vit la signature en forme de *M* runique au bas de l'œuvre, il comprit que Malo en était l'auteur. Serait-il revenu à Saint-Malo pour le narguer, où n'a-t-il fait que passer pour faire comprendre à Loïc et ses amis que tout allait bien pour lui ? Et qu'il ne voulait peut-être pas forcément être retrouvé...
Des pas derrière lui annoncèrent l'arrivée de Samira et Erwan qui se plantèrent devant cette peinture comme s'ils avaient trouvé le Graal.
— C'est la signature de Malo, dit Samira toute réjouie.
— Oui, c'est bien sa signature, confirma Erwan.
— Elle est là depuis quand, d'après vous ? questionna Loïc.
— Elle n'y était pas la semaine dernière. Si on la découvre aujourd'hui, c'est parce qu'avec Samira, on graffait ailleurs.
— Par contre, rajouta Samira, aucune nouvelle de Claire !
Loïc fut surpris par cette nouvelle.
— Ils seraient partis ensemble, d'après vous ?
— Avec Malo, tout est possible !
— Reste à savoir s'ils sont toujours à Saint-Malo !
— Vu le périple de Malo, rien n'est moins sûr, dit Erwan.

— Je vais informer Madalen de son passage ou de son retour. Peut-être a-t-elle été en contact avec lui, dit Loïc. On se tient au courant, ajouta-t-il en s'adressant aux deux amis.
— OK, à plus ! Embrasse Madalen pour nous, répondirent-ils en chœur avant de s'éloigner.

Chapitre XXXXII

Loïc se dirigea vers la maison de Madalen qu'il ne pouvait pas rater tant elle était bleue. Il voulait lui annoncer que Malo était sans doute revenu à Saint-Malo, ou du moins avait fait un passage dans sa ville. Mais quand il arriva devant son domicile à l'heure du thé, avec son sachet rempli de petits gâteaux, tous les volets étaient fermés. Il essaya de forcer la porte qui résista malgré son mauvais état. Un voisin qui passait par là l'interpela.
— Que faites-vous là, jeune homme ?
— Je voulais parler à Madalen, monsieur.
— Comment, vous n'êtes pas au courant ? Elle est décédée le mois dernier.
Loïc resta coi un moment avant de réagir.
— Ah, je ne savais pas. Je vous remercie pour l'info.
— Comme elle ne m'avait pas répondu quand j'ai toqué à la porte pour lui apporter son pain, j'ai téléphoné à la gendarmerie. Quand les gendarmes sont arrivés, je leur ai expliqué la situation. Ils ont frappé une nouvelle fois, et n'ayant toujours pas de réponse, ils ont décidé d'enfoncer la porte d'entrée. Ils l'ont trouvée sans vie dans son lit, un grand sourire sur les lèvres. Comme elle était orpheline, c'est la Mairie qui s'est chargée des obsèques. Elle a été incinérée. Ses cendres se trouvent dans le jardin du souvenir au cimetière des Ormeaux.
— Merci de vous être occupé d'elle…
— C'est normal ! Ce sont des services que l'on se rend entre voisins.
Loïc repartit abasourdi par cette nouvelle inattendue. Il se rendit au cimetière des Ormeaux pour se recueillir.

« Vous êtes partie trop tôt, Madalen, et sans revoir Malo. Vous l'avez raté de peu. Il y a une nouvelle peinture signée de son *M* runique dans la friche industrielle. C'est dommage et surtout très triste. »

Malo allait sans doute continuer à suivre son chemin…